W

Stefan Schenkl

Funkenflug

Roman

Wiesenburg Verlag

Bibliographische Information der Deutschen Nationalbibliothek:

Die Deutsche Nationalbibliothek verzeichnet diese Publikation
in der Deutschen Nationalbibliographie;
detaillierte bibliographische Daten sind im Internet
über http://dnb.d-nb.de abrufbar.

1. Auflage 2012
Wiesenburg Verlag
Postfach 4410 · 97412 Schweinfurt
www.wiesenburgverlag.de

Covergestaltung, Bildbearbeitung und Blocklayout: Stefan Schenkl
Bildquelle: Martin Ritter

ISBN 978-3-943528-29-9

Die Gottesanbeterin im Salat

Ein Voyeur, der mehr als andere Mitglieder seiner Gattung auf seinen Gehörsinn vertraute, hätte sich am rechten Platz wähnen müssen, da die tiefen, keuchenden Laute der ächzenden Männer und das hohe, ekstatische Stöhnen ungebremst ausschreiender Frauen auf eine große Orgie schließen ließen, aber der Chor der stöhnenden Laute drang lediglich von einer Versammlung an ayers-rock-farbenen Tennisplätzen herüber auf die Terrasse, wo sich ein gerne lang schlafender Trainer mit seinem bereiten Schützling zu treffen geruhte, um sich vor dem Training mit einer Mahlzeit zu stärken.

„Ich habe uns beiden bereits Salat bestellt", verriet der aufstrebende Tennisstar der Zukunft seinem davon enttäuschten Trainer, auf den er nun lange gewartet.

„Das ist für dich gut, daß du Vitamine und das ganze Zeug bekommst, aber ich habe meine Karriere längst beendet, ich brauche so etwas nicht mehr", winkte der ältere der beiden Herren gleich ab. Die Unterhaltung zwischen den beiden erfuhr eine Unterbrechung, als ein Duo an Autogrammjägern herangerauscht kam.

„Unglaublich, Sie hier zu sehen! Victor Vinci, einer der erfolgreichsten Tennisspieler aller Zeiten! Würden Sie uns ein Autogramm geben!" platzte aus dem wie berauschten Duo hervor.

„Gerne", zückte der Angesprochene seinen Stift und kritzelte genußvoll geschwungene Buchstaben auf das gereichte Blatt; daneben dampfte der Schützling vor Wut, daß er noch immer nicht gefragt war bei jener Gilde von Unterschriftensammlern.

„Spielen Sie vielleicht wieder, weil Sie hier im Club sind?" hofften die Freudevollen, die ihr Autogramm nun ergattert.

„Nein, nein, ich bin jetzt als Trainer tätig. Das hier ist Bren, den ich trainiere- er ist der talentierteste junge Tennisspieler derzeit!" prahlte Trainer Vinci durchaus stolz, während er auf das Talent deutete.

„Nun ja, wenn Sie ihn trainieren, wird er sicher auch einmal ein großer Star", waren sich die Autogrammjäger sicher, aber bereits wieder verschwunden, bevor der vorgestellte Bren einen Stift an sich genommen hatte, da er auch gerne die Erfahrung des Autogrammgebens gewonnen hätte. Stattdessen schien es dann angebracht, sich zu setzen, und dem Trainer war es beschieden, einen perfekten Platz zu erhalten, während Bren sich zufriedengeben mußte mit einem Stuhl, von dem er erst nach einer Weile des Sitzens und Schaukelns mitbekam, daß jener ein lädiertes Bein besaß und in einem Tennisclub der gehobenen Klasse nichts mehr zu suchen gehabt hätte, wie er meinte.

„Daß es so viele Leute gibt, die Sie immer noch anbeten", streute der junge, aktive Spieler ein paar Worte auf den Tisch, um seinem Ärger ein wenig Luft zu verschaffen und um sich abzulenken von den unmöglichen Manieren des Stuhles.

„Ja, ja, ich war eben ein großer Star... aber im Grunde habe ich nur Glück gehabt. Aber gut, irgendwie werde ich es schon verdient haben, daß mich immer noch jeder anbetet..." redete

Victor Vinci vor sich hin und erwartete seinen Salat, auf den er überhaupt keinen Appetit nun besaß. Nach einer Weile- die Sonne hatte in der Zwischenzeit einige Bündelvoll Strahlen vergeudet, und die Spieler auf den nahen Plätzen hatten ihren Mundvoll Schreie in die lichtdurchblinzelte Luft gewirbelt- kam ein stilvoller Ober mit den Salaten, stellte einen vor den Trainer, stellte einen vor den Schützling... Letzterer wollte schon mit dem Verspeisen beginnen, als er einer Anormalität in der noch nicht angerührten Speise seines Trainers gewahr zu werden begann. Bren starrte auf das Objekt, und erst nach langer Betrachtung erkannte es auch der ältere Weltstar.

„Auch das noch!" schimpfte Bren regelrecht, „Da ist eine Gottesanbeterin in Ihrem Salat!"

Die Gottesanbeterin hatte sich in ihren Tarnfarben auf eines der Blätter des Salates gekniet, und sie schaute empor zu Victor Vinci, hatte die Hände gefaltet und wirkte wahrhaftig wie das vergötterndste Wesen, das man jemals erschaut. Bren war außer sich und brodelte vor Zorn, denn er hätte es auch einmal verdient gehabt, glaubte er, nach den vielen, langen Jahren des harten Trainings und dem Gewinn zahlreicher Juniorenturniere. Aber noch betete ihn niemand an, und der Trainer, der schon genügend Lobpreisungen erhalten, um selbstbewußt durch die Welten zu wandeln, hatte die einzige Gottesanbeterin erhalten, die hier und in den Lokalen des Landes in einem Zeitraum von Jahren serviert worden sein mochte, und dabei hatte der Trainer gar keinen Salat sich gewünscht.

Wieso kann ich nicht auch einmal eine Gottesanbeterin in einem Salat bekommen, wenigstens eine Gottesanbeterin in einem Salat? flehte Bren nun empor und faltete selbst seine Hände, als er gen Himmel starrte, aber in seinem Salat, da waren nur Salatblätter und war etwas Öl und waren Gewürze, aber nichts, gar nichts, betete ihn an von dem, was ihm serviert worden war.

„Was soll's", schnippte Trainer Vinci mit seinen Fingern, „lasse ich den Salat eben zurückgehen, da habe ich jetzt wenigstens einen guten Grund dafür, wenn ein Insekt darin sitzt!"

Das Schnippen erhört habend, kam gleich ein schuldbewußter Ober herangedackelt, dem sich einige Momente danach, als ihm die Anwesenheit eines Tieres im Salat beigebracht worden war, eine Entschuldigung für eine Gottesanbeterin entlockt sah, was der Ober professionell vollführte, als würde es in jeder Schule für Gastronomiepersonal endlos lange geübt werden, sich für eine Gottesanbeterin zu entschuldigen.

„Wir sind untröstlich und bringen Ihnen natürlich sofort einen neuen Salat sowie eine Aufmerksamkeit des Hauses, um Sie für die Unannehmlichkeit zu entschädigen", quollen Angebote aus dem Munde des beschämten Obers.

„Ach nein, keinen Salat, davon will ich jetzt nichts mehr sehen. Bringen Sie mir doch eine Schüssel Croissants... und solche Brötchen mit Schokoladenfüllung, ich kann das vertragen, ich habe meine Karriere ja bereits beendet..." gab der Trainer seine Bestellung auf und sich sein Schützling alle Mühe, sich nicht zu ärgern- aber da bekam Victor Vinci die Avancen einer Gottesanbeterin und wurde auch noch entschädigt dafür, während sein hart trainierender Nachwuchsspieler noch von niemandem angebetet wurde und noch nicht einmal ein Autogramm geben durfte. Eine Gottesanbeterin im Salat- Bren schaute sich um zu den anderen Tischen, zuckte mit den Achseln und erwartete von allen Seiten Zustimmung, daß dies nun wirklich der Gipfel war, aber die anderen Gäste interessierten sich gar nicht weiter dafür. Mit einem Berg Croissants, einem Berg Schokoladenbrötchen und einem, wenn auch anders angeordneten, Berg aus Weinflaschen war Trainer Vinci nun rasch entschädigt, und er freute sich auf genüßliche Momente, den Weinberg abzutragen und sein Innenleben damit zu beschenken. Bren speiste, appetitlos, seinen Salat, und er wartete noch auf eine Entschuldigung und Entschädigung, daß die Gottesanbeterin bei seinem Trainer gelandet war und nicht bei ihm, sosehr er dies für sein Selbstwertgefühl auch hätte gebrauchen können; Victor Vinci aß auch, aß viel, aß mehr, blinzelte in die Sonne und philosophierte über das Leben, gerade dann, als er gemerkt zu haben geruhte, daß seinem Schützling der Dämon des Neides in die Glieder gefahren...

„Es war bei mir auch nicht immer so“, erwähnte er in aufmunterndem Tonfall, „aber jetzt bin ich alt und weiß, wie die Funken des Lebens so fliegen, da gelingt eben einiges und das Glück fliegt einem leichter zu als noch zu Beginn...“

Bren gab sich Mühe, dies als hilfreichen Trost anzusehen, und dann durchaus eine sehr gute Figur ab, als er unter Aufsicht seines Trainers einen der ayers-rock-farbenen Tennisplätze beehrte, um Aufschläge über das Netz zu hämmern und dann auch ein Trainingsspielchen gegen einen erfahrenen Landsmann klar zu gewinnen.

Zu klein, um schon flügge zu sein

Das Flugzeug erschien Bren beinahe zu klein, um schon flügge zu sein; mit ihm durch die Nacht zu fliegen, das erschien wie eine Bootstour in einer Nußschale auf dem Ozean. Die Befürchtungen schienen sich zu bestätigen, als die Düsenmaschine heftig ins Wackeln geriet, gerade kurz nach einer Begegnung mit einem anderen Flugzeug, das entgegengekommen und düsenstrahlschwanger durch die Sternennacht geschossen in erschreckend geringer Distanz von dem bullaugenseligen Fenster. Kein Grund zur Besorgnis, erschallte es aus den Lautsprechern, und Victor Vinci, der nicht von der Seite seines Schützlings wich, war gänzlich beruhigt und fühlte sich sicher.

„Daß Sie bei mir sind“, begann Bren seinem in Halbschlaf getunkten Trainer zu erläutern, „scheint mir eine Garantie dafür, daß das Flugzeug nicht abstürzt- Sie haben immer soviel Glück, und dann kann ja nichts passieren.“

„Solche Inlandsflüge habe ich auch schon ewig oft mitgemacht- das ist besser und bequemer und vor allem viel schneller, als wenn man tagelang im Bus sitzen würde, und du mußt schließlich gleich in der ersten Runde topfit sein", murmelte der beruhigte Vinci, der sich gemütlich zurückgelehnt hatte und die Nacht über die Tragfläche hinwegziehen ließ. Er schaffte es, den Anschein zu erwecken, als wären die Sitzlehnen im Düsenflugzeug die bequemsten Betten der Welt, gelegen in dem ruhigsten Luxusappartement, das man sich träumen konnte; und obwohl die Luft keine Balken hatte, begann der Trainer bald Holz zu sägen, und je glücklicher sein Gesichtsausdruck währenddessen wurde, desto griesgrämiger quittierte die Miene des Schützlings das Schnarchen, das die Kabine mit langgezogenem Röcheln erfüllte.

„Es beschäftigt mich sehr, daß ich noch nicht weiß, was die Auslosung ergeben hat", erzählte Bren seinem Trainer, obgleich er genau wahrgenommen, daß jener nichts anderes tat, als längst bereits schon zu schlafen, „auf die besten Spieler bei dem Turnier kann ich am Anfang noch nicht treffen, aber ich mache mir Sorgen, was mache ich, wenn es wieder dieser Monsun ist wie beim letzten Mal... Der steht in der Weltrangliste zwar deutlich hinter mir, aber ich komme mit seinen Returns einfach nicht zurecht, und ich muß einfach das Aufschlagspiel durchbringen, und das Problem, das ich beim letzten Mal mit ihm hatte, das haben wir immer noch nicht gelöst..."

„Du machst dir zu viele Gedanken, Junge", schnarchte der Trainer weiter und murmelte aber im Halbschlaf, „Mit der richtigen Einstellung kommt man immer automatisch weiter, ohne etwas zu tun, schau' mich an, ich habe es dann ja auch immer geschafft, ich habe einfach Erfahrung, wie man mit Situationen umgeht..."

Bren war mehr als verwundert; es kam ihm vor, als rede er mit einem Murmeltier im Winterschlaf, aber Ratschläge erhielt er doch weiterhin, so schwer es ihm auch fiel, diese umzusetzen, denn er hielt es für besser, seine Fertigkeiten im Sport zu verbessern, als nur zu erwarten, daß er automatisch die nächsten Runden erreichte- aber es machte ihm zu schaffen, daß er vielleicht einfach zu unerfahren war, um ohne eigenes Zutun vom Erfolg angesprungen werden zu können, wie es Victor Vinci offensichtlich immer geschafft. Er selbst war noch nicht der große Tennisspieler, obwohl man ihm das größte Talent zuzusagen geruhte; aber war er zu unerfahren, um das Erfolgsrezept seines Trainers zu begreifen, das ihm nicht begreifbar war?

„Keine Sorge, keine Sorge", schnarchte der Trainer weiterhin, und Bren versuchte zu erraten, ob Victor Vinci wirklich etwas wahrnahm oder nur im Traum etwas faselte, „mit der Zeit wirst du es auch lernen... Mit der Zeit, da bekommt man die Erfahrung, wohin die Funken fliegen..."

Dies begann, und zwar rasch, für Unruhe zu sorgen.

„Funken? Haben Sie eben Funken erwähnt?" beugte sich ein verängstigter Fluggast zum schlafenden Victor Vinci und musterte mit Blicken aus zu regelrechten Quallen aufgeblähten Augen die Tragflächen und, soweit er es zu erahnen vermochte, das Triebwerk.

„Keine Sorge, das werde ich alles noch erläutern, sobald wir in Farmford gelandet sind“, winkte der schlafende Trainer ab. „Und wenn wir dort niemals landen werden? Wo haben Sie Funken gesehen?“ kratzte der sich nesselnde Quallenmann nervös überall, und Bren war leicht amüsiert von dem Zwischenspiel und gespannt darauf, was ihm am Rande des Turniers von Farmford so erläutert werden würde dazu. Die Angst entwich nicht aus dem vor Panik strotzenden Antlitz des inzwischen aufgesprungenen Fluggastes, der aber von einer Flugbegleiterin zur Ruhe aufgefordert wurde; der Flug hielt sich nicht daran und war zeitweise unruhig, bis die Landung bei erfreulichem Wetter in tiefer Nacht souverän und glücklich vonstatten ging, und da hatte sich Bren auf die Anwesenheit und das Glück seines Trainers verlassen, daß dieser nicht abstürzen konnte und ihm damit auch nichts geschah. Victor Vinci seinerseits hatte die Landung auf den Punkt perfekt verschlafen und war punktgenau aufgewacht, als die sichere Position auf dem Flughafen eingenommen war. Es war ein kleiner Flughafen, zu dessen Boden die Stufen und Stiegen hinabglitten, und angekommen am Grund mit den eigenen Füßen, da blinkte der allerschönste Sternenhimmel über dem Areal, das sich schlafen zu legen geruhte. Trainer Vinci blickte hinauf, als ob all die Sternlein nur für ihn erfunkelten, und Bren fühlte sich eifersüchtig wie bei der Gottesanbeterin, die nicht er erhalten, sondern nur sein Trainer. Natürlich leuchteten auch für ihn die Sterne, konnte Bren am Rande noch feststellen, aber er vermochte sich schlicht und einfach nicht angesprochen zu fühlen, zumindest solange nicht, bis er in die Geheimnisse des Funkenflugs eingeweiht war, wovon er sich erhoffte, daß es bald geschah, und Victor Vinci hatte es ihm schon angekündigt an Bord des zu kleinen Fliegers, dessen Passagieren ein solcher angehörte, der noch immer nicht die Erwähnung der Funken verkraftet und wie das Häuflein eines Nahtodpanikers über das Rollfeld zu taumeln begann...

Spielerinnen in weißen Röckchen und ohne

Die Würfel waren gefallen und wurden wiederaufgenommen, um von neuem aufs Tablett gestürzt zu werden, damit sie anderes ergaben; die Organisatoren des Turniers schienen lange zu würfeln und stießen ihr Ergebnis immer wieder um, als es um den Terminplan für die nächsten Tage dann ging-am Ende konnte sich Bren damit zufriedenschlagen, daß er erst übermorgen sein erstes Spiel würde bestreiten müssen, und er hatte sich außergewöhnlich erfreut zeigen können, was die Auslosung anging, und um so größer war seine Hoffnung, dieses Turnier zu gewinnen.

Noch war der Tag jung wie die Spielerinnen in den weißen Röckchen, die sich auf den Trainingsplätzen tummelten, bevor die gesamte Armada an den erstklassigsten Spielern der zweiten Garde wie eine Heuschreckenplage über die Anlage herfiel, um Aufschläge zu probieren, um zu sehen, ob man sie auch wirklich noch nicht verlernt. Der Trainer von Bren versuchte seinen gewünschten Tagesablauf zu skizzieren:

„Erst noch ein paar Trainingseinheiten, und dann will ich dir heute abend noch etwas zeigen, wenn es dunkel wird, und das gehört auch dazu, sich vor dem Turnier noch einmal an einem Lagerfeuer zu entspannen und auf neue Gedanken zu kommen. Und... Ach ja, da gibt es noch etwas, was ich vorhabe, und ich muß mal sehen, ob die Fenster von den Frauenduschräumen noch immer nicht geschützt sind... Ich war hier schon häufig, und ich liebe das Turnier von Farmford!" jubelte Victor Vinci und bat seinen Schützling darum, daß er mitkam, und er tat das zögerlich und wußte nicht, ob sein Trainer wirklich das vorhatte, was er angekündigt hatte, nun vorzuhaben. Eine lange, pferdeschwänzige, schwarzhaarige Spielerin und eine mit lockeren Haaren beglückte, trotz langen Spiels noch wie frischgefönt aussehende brünette kamen schweißbesudelt von einem Trainingsplatz und tauchten in ihrer weißrockigen Bekleidung in das Duster eines Bauwerks hinein, das Victor Vinci triumphierend umrundete, und Bren blieb wie ein Kometenschweif hinter ihm und beobachtete die Blicke, die sein Trainer schweifen ließ.
„Sie wollen doch nicht wirklich-?" wollte Bren mahnen.
„Hier ist so ein Geheimweg zum Fenster- man muß nur hinter die Büsche klettern und da über das Geländer und wieder nach unten!" zeichnete es Trainer Vinci vor, als sei dies der taktische Plan, wie der Weltranglistenerste überrumpelt werden sollte und aus dem Turnier geworfen. Der Pionier in den Büschen hatte es bald geschafft und winkte aufgeregt seinen

Schützling heran, als sei dies auch ein wichtiger Teil seines Trainings.

„Ich möchte das nicht", wünschte sich Bren, standhaft bleiben zu können.

„Gleich werden sie auftauchen, da bin ich mir sicher... Immer, wenn ich hier gewartet habe, sind interessante Spielerinnen aufgetaucht, die hier geduscht haben... Und die beiden, die wir haben reingehen sehen, die waren auch wirklich besonders hübsch und besonders schweißgebadet, und ich bin mir einfach sicher, das sagt mir mein Bauchgefühl, daß sie jeden Moment... und da sind sie auch schon!" trat der Geist verschmitzter Glücklichkeit auf die Miene des Buschungeheuers, dem sich Bren im Moment nicht zu nähern gedachte, so wäßrig es den Mund seines Schützlings auch schon gemacht. Victor Vinci konnte sich überzeugen, daß er wie immer den richtigen Riecher gehabt und zum richtigen Zeitpunkt am richtigen Ort war, solange er seine Tätigkeit nicht als falsch einstufte, die nicht mehr die eines ausgebildeten Tennistrainers, sondern die eines eingebildeten Voyeurs war. Bren zischte ihm zu, daß er das nicht dürfe, aber er zischte zurück, daß die duschenden Frauen doch froh wären, wenn sie sich von einem so erfolgreichen Tennisspieler einstiger Tage betrachtet wüßten. Der sich von den kommenden Tagen Erfolg erhoffende Tennisspieler wollte erst widersprechen, aber dachte sich dann doch, daß Trainer Vinci wahrscheinlich wie immer recht besaß, und immer wieder entpuppten sich Situationen so, daß sie nach dem Wunsche Vic-

tor Vincis sich wandelten, und vermutlich wäre auch die Gottesanbeterin glücklichst gewesen, wäre sie unachtsam verspeist worden und dann im Magen eines so bedeutenden Spielers gelandet, den sie aus dem Salat heraus angebetet.
„Du verpaßt etwas, die sind wirklich hübsch", freute sich Victor Vinci weiterhin und heftete seine Blicke durch das Fenster hindurch an jeden Quadratmillimeter Haut, der ihm gezeigt war und welcher sich bald von immer mehr Perlen von Naß beseelt sah, die ihn überrannen, um bald zu einem Wasserfall zu werden, und an den dunkelbraunen Brustwarzen der Brünetten nuckelten seine Augen wie die Lippen eines Neugeborenen, die aber noch nicht zu satt waren, um sich auch an die ähnlich gefärbten Brustwarzen der besonders schlanken, schwarzhaarigen Spielerin zu heften, wobei die Blicke vom Wasser fortgerissen und mit dem Wasserfall erst gen Bauchnabel, dann zur Scham der jungen Dame geschwemmt wurden. Ein besonders wohliges Gefühl beseelte den Voyeur dann bei der Betrachtung der mal mehr, mal weniger wasserfallüberzogenen Pobacken der duschenden Damen, da es sich um die sicherste Position handelte, die Objekte von hinten zu betrachten- der Trainer fühlte sich unentdeckbar. Es dauerte eine Weile, bis seine Augen wieder auf die Vorderseite einen guten Zugriff besaßen, aber da passierte es doch, daß die Anwesenheit des routinierten Voyeurs bemerkt werden konnte. Wie ein junger Grashüpfer entsprang Victor Vinci dem aufgesuchten Gebüsch und hinfort von dem Fenster, an welchem er bemerkt.

„Daß Ihnen tatsächlich so etwas passiert“, wunderte sich Bren, „daß Sie entdeckt werden.“
„Wir gehen ganz unauffällig von hier fort, einfach spazieren!“ wies Trainer Vinci seinen Schützling an, und dieser tat ihm den Gefallen, auch wenn er es verwunderlich fand, daß die unfaßbare Glückssträhne des Trainers vielleicht doch ein Ende haben könnte, denn er hätte es ihm zugetraut, daß er nicht entdeckt wurde, was auch immer er für unrühmliche Dinge tat im Laufe eines solchen Tages. Aber Bren fühlte sich doch wieder sicher in seiner Einschätzung, was das Glück anging, das dem Trainer wie aus dem Kelch der Vorsehung heraus in sein Leben tropfte, als er das Schmunzeln, das unbesiegbare, unberührbare Schmunzeln in der Miene Victor Vincis erspähte, das dort wie mit aller Wärme festgefroren erschien. Es mußte wohl doch alles perfekt gelaufen sein für den schmunzelseligen Trainer, der zu wissen geruhte, wohin seine Funken flogen. Bren war noch neugierig darüber, was Victor Vinci ihm erzählen würde darüber, was er im Flugzeug schon angedeutet; am Abend sollte ein Ausflug in die Prärie folgen und eine Besprechung am Lagerfeuer- und Bren trainierte bis dahin sehr ordentlich, um glauben zu können, daß er sich ein solches Lagerfeuer dann auch verdiente...

Der Flug der Funken

Die Natur arrangierte einen Abend, und der Trainer war es, der es arrangierte, daß man diesen in der Natur verbrachte; Bren erhoffte sich von dem Lagerfeuerabend, der etwas Ro-

mantisches an sich hatte, was lediglich dadurch zerstört wurde, daß er ihn mit einem männlichen Wesen verbrachte, bloß und ausschließlich, die Erkenntnis darüber zu erhalten, die Logik des Lebens auszutricksen, und auf demselben unwahrscheinlichen Planeten leben zu können, auf dem es Victor Vinci zu leben schaffte.
Mit einem Mietwagen, der eher einem Mietungetüm oder Mietungeheuer nahekam oder- um dem Stilmittel der Alliteration die Ehre zu geben- ein Miet-Monster war, hatte Victor Vinci seinen Schützling in die Prärie hinauskutschiert, und dort schlichtete er trockenes Holz auf, um einem Feuer genügend Nahrung zu geben, bevor die Sonne das Licht des Himmels verhungern ließ.
„Mach' es dir gemütlich, du hast heute schon hart trainiert, ich grille uns etwas über dem offenen Feuer", kündigte Trainer Vinci dann an, und Bren verkniff es sich, zu erwähnen, er solle vorsichtig sein mit dem Feuer, denn einem Victor Vinci pflegte nichts zu passieren, und wenn sich jemand eine Brandverletzung zuzog, dann eher der Nachwuchsstar, egal, um wieviel weiter er entfernt war von den Flammen, die in Gang gesetzt, als der Mond seinen Aufgang zelebrierte und der Abendstern dem Ansager befahl, einleitende Worte zu seinem Auftritt zu sprechen. Es war eine Lichtung, die Victor Vinci gefunden, wo die Felder nicht weit, die riesige Flächen beanspruchen durften in diesen Gefilden, und wo auch ein beschaulicher Wald nicht weit war, um auf die Nacht zu warten und in Reminiszenzen zu schwelgen, wann er zum letzten

Mal Menschen gesehen- der Trainer war hier schon einmal gewesen, und zwar sogar schon, als er selbst noch bei dem Turnier in der nächstbesten Stadt einst gespielt.
„Ein interessanter Platz“, meinte Bren, um der Stille nicht allzuviel Raum zu gewähren, denn jene schien ihr druckvolles Spiel aufzuziehen und den Spieler in Gedanken über den Platz zu jagen.
„Gerade zwei Tage vor einem Turnier ist das der richtige Ort, um mal abzuschalten und etwas anderes aufzusaugen. Mir hat das früher geholfen, man geht nicht so verkrampft in die erste Partie und kann viel lockerer spielen...“ referierte der Trainer, während er dem Feuer seine Kontrolle aufzwang, nachdem er den ersten Funken geworfen, dem Holz, das hier überall trocken, die Todesstrafe verhängt.
„Man darf aber auch nicht zu locker sein, man muß richtig kämpfen können“, fand Bren aber, und wozu war er schließlich auf dem Platz, und er durfte auch keinen Spieler unterschätzen, und das würde kein Trainingsspielchen werden, bei welchem man einfach nur das sonnenförmige Etwas über das unsägliche Netz zu klatschen geruhte.
„Ach, ich habe so große Erfolge errungen, und ich könnte nicht von mir behaupten, daß ich so ein richtiger Kämpfer gewesen wäre. Ich hatte immer Spaß am Spielen, Spaß am Sport, und ich wollte natürlich gewinnen... Aber das hat sich dann auch immer irgendwie ergeben, daß ich gewonnen habe... Einfach so wie von Natur aus...“

„Und das weiß man, wie man das kann, wenn man den Funken beim Fliegen zugesehen hat?“ hakte Bren nach, weil ihn dies mehr faszinierte als alles sonst auf der Welt.

„Ja, das gehört zu, daß man das studiert. Wenn man weiß, wohin die Funken des Lebens fliegen, dann läuft alles andere von alleine... Dann trifft man immer die richtigen Entscheidungen, und alle anderen Menschen verhalten sich auch so, wie es für einen selbst am besten ist. Ich habe das einfach verinnerlicht, dann ist das eine Gabe, die man immer in sich hat, wenn man es erst einmal gelernt hat.“

„Haben wir dazu wirklich das Trainingsgelände verlassen müssen? Könnte man das nicht auch an einem Tennisball lernen? Könnte man nicht auch an einem Flug eines Tennisballs erkennen, wohin der Tennisball des Lebens fliegt, und dann hat man es auch verinnerlicht...?“ dachte Bren lieber in seinem eigenen Bereich, in dem er sich auskannte wie andere Leute in ihrer Westentasche.

„Du denkst immer nur in so einer engen Bahn, Tennis, Tennis, Tennis- es gibt auch noch andere Dinge im Leben, auch wenn es immer für die Leute so ausgesehen hat, als hätte es für mich nur das Tennis gegeben... Aber du mußt auch mal an was anderes denken können, Freude haben können an Lust und Liebe, Freude an Funken, die fliegen, an einem prasselnden Lagerfeuer, einem knisternden... Zumindest bald, wenn sich das Feuer ein bißchen ausgedehnt hat. Ich habe auf jeden Fall das Leben begriffen, als ich so einen Funken gesehen habe, wie er aufgebrochen ist zu einer Reise, vom

Wind bewegt, und er konnte ganz zufrieden sein, wo er gelandet ist. Manche Funken schaffen es, einen ganzen Waldbrand zu entfachen, und andere Funken verglühen einfach, und es ist vorbei mit ihnen. Und du mußt einfach ein Funke sein, der am Ende einen Großbrand entfacht. Und das kann man an einem Lagerfeuer lernen, weil das Feuer... und jeder einzelne Funke darin... genauso funktioniert wie das Leben an sich..." erklärte Trainer Vinci, und noch ehe Bren ihn für ein Genie zu halten vermochte, fügte der Erklärende hinzu: „Deshalb heißt es auch *funk*tionieren."
„Ach so", sagte Bren pflichtbewußt vor sich hin und schüttelte einen Kopf, der sich innerhalb seines äußerlichen Kopfes befand und von Victor Vinci nicht würde gesehen werden können.
„Wir warten noch, bis ich das genauer erläutere und wir das üben... In völliger Nacht sieht das noch besser aus, und ich habe das Gefühl, daß es noch windiger werden wird, und dann macht das alles erst richtig Sinn und ist richtig imposant." teilte der Trainer weiter mit, und Bren verließ sich völlig darauf, denn er hatte inzwischen schon gut gelernt, daß seines Trainers Gefühl eine entsprechende Zukunft stets nach sich zog. Victor Vinci machte sich daran, mitgebrachte Speisen zu grillen, und Bren nahm an, daß der Trainer sie gar mit der bloßen Hand über das Feuer halten konnte, da ihm nie irgend etwas passierte. Aber Trainer Vinci traf Vorkehrungen und nahm einen Grillspieß heran, und er schleckte aber schon hungrig mit seiner Zunge, und Bren schaute

zum Wald, wo er glaubte, daß Kojoten gerade das gleiche taten. Oder vielleicht waren es Wölfe. Bren stellte sich vor, er würde von den Wölfen angegriffen werden und sein Trainer indes von den putzigsten Präriehündchen, das mochte ihm typisch erscheinen- aber heute abend konnte sich ja alles ändern, wenn er die Sache mit dem Flug freudiger Funken kapierte.

Das Firmament war ein gigantisches Banner mit einer Vielzahl geheimer Sterne, die man nur von diesem Platz aus zu sehen vermochte, wie es die Blicke glaubten, die an den Funken noch vorüberglitten, um das Ende der Endlosigkeit in den unergründlichen Weiten des Weltalls zu suchen. Aber nach dem würzigen Mahl, bei dem sich Bren jedoch bei jedem Bissen die pflichtgierigen Gedanken zu machen geruhte, ob es auch gesund für ihn sei und gut für seine Karriere, da stand das Feuer im Mittelpunkt, und mehr als das Feuer in seiner Gesamtheit taten es die einzelnen Funken, die Symbole waren für das Leben und die Wege, die dieses zu nehmen vermochte. Die Atmosphäre, die mit der Zeit hier entstand, wo unangetastete Prärie und alles umschlingende Nacht sich vermischten, war wie von Victor Vinci bestellt. Auch der Wind, der mehr und mehr aufkam und als erfüllte Prophezeiung zu gelten vermochte. Victor Vinci schien sich bei den Sternen bedanken zu wollen, schleckte sich dann noch einmal die mit der Würze des Gegrillten benetzten Lippen und schritt zur Tat, sich zu Bren gleich zu setzen und ihn aus ähnlicher Perspektive dabei zu begleiten, die Funken zu betrachten, die dem vom Wind wilder gemachten Feuerkollektiv grad entstoben.

„Wenn man die Flammen so betrachtet und die einzelnen Funken, die wie eigene Individuen so herausspringen, dann kann man sich einen Funken heraussuchen und sich mit ihm identifizieren“, schlug Victor Vinci vor, was ein Spiel sein mochte oder vielleicht auch der Ernst des Lebens und ein wichtiges Training für die Zukunft.

„Ja, das kann man“, bestätigte Bren eher abwartend.

„Also los, suche dir einen Funken heraus, von dem du glaubst, daß er viel bewirkt, ein langes Leben hat, ein Feuer für sich entfacht, einen Eindruck in der Erinnerung hinterläßt, als würde er ewig weiterbrennen...!“ wies der Trainer seinen Schützling an, und Bren versuchte sich zu konzentrieren, versuchte die Sache nicht nur als bloßes Spiel zu sehen, sondern als einen wichtigen Punkt in seinem Leben, in dem er größte Hoffnung besitzen konnte, wenn es ihm gelang, den richtigen Funken zu finden, auf daß einiges ansprang, einige Mächte entfacht waren, damit sein Leben das erfolgreichste wurde, das man sich vorstellen konnte. Er konzentrierte sich sehr und hatte dann einen hellen, talentierten Funken gefunden, der vom Wind aus dem restlichen Feuer hinausgeblasen wurde, und es schien, als könne dieser Funke weiter fliegen als alle anderen, und er deutete sogleich ganz exakt auf diesen:

„Den da habe ich ausgewählt!“ verkündete er, und er verfolgte aufmerksam den Flug dieses Funkens, und der Funke war hell, und der Wind trug ihn, und der Funke fand einen winzigen Tümpel am Waldrand und plumpste hinein und war erloschen und schien in der Schwärze der teerfarbenen Grube für immer vergessen. Bren war schockiert- das hätte nicht passieren dürfen, und ihm war alle Hoffnung geraubt, und er glaubte auch nicht daran, das Turnier von Farmford gewinnen zu können, obgleich er eine gute Auslosung erwischt und zudem der beste Spieler des ganzen Turniers sicher war.

„Jetzt suche ich mir einen Funken heraus", ging Trainer Vinci die Sache mit genüßlichem Blick an, als betrachte er nicht Funken, sondern wieder solch nackte Frauen, wie er sie unter der Dusche gesehen, oder die besten Weine der Welt, aus denen er einen erwählen durfte, um ihn zu schlürfen und an seinem Gaumen zu spüren. Bren beobachtete seinen Trainer dabei, wie jener es machte, wie jener es anstellte, den Funkenflug zu analysieren, den richtigen Funken zu finden, der etwas symbolisieren konnte: den Erfolg, den Sieg, das Glück, das gute Leben... Victor Vinci hatte einen gefunden und machte Bren darauf aufmerksam.

„Der dort?" fragte Bren rasch nach, um sich sicher zu sein, welchen sein Trainer nun meinte.

„Das ist *mein* Funke!" sagte Victor Vinci ganz stolz, und kaum ein stolzer Vater hätte einen Satz wie „Das ist *mein* Sohn!" mit noch geschwollenerem Stolz hervorbringen können, als Victor Vinci dies ausgesprochen. Der Funke flog, und lange war kein großer Unterschied zu erschauen, gar kein Unterschied zu erschauen zu dem vorangegangenen Funkenflug, dem Flug jenes Funkens, den sich Bren ausgewählt und der so hilflos erloschen. Aber dann wendete sich das Blatt, und die Windrichtung war plötzlich verändert. Der Funke loderte immer noch, flog einen Bogen und landete im Wald. Im allernächsten Moment, schon, stand ein Baum in Flammen.

„Siehst du, Bren, das meinte ich!“ deutete Trainer Vinci dorthin, wo das Feuer gerade vom einen Baum zum nächsten übersprang, und mit einemmal, da hatte man einen Waldbrand.

„Wir sollten etwas unternehmen, den Brand zu löschen versuchen!“ schlug Bren sofort vor.

„Nein, nein, dafür ist es schon zu spät... Da läßt sich nichts mehr aufhalten. Du mußt übermorgen ein Turnier spielen, also fang dir jetzt hier keine Rauchvergiftung ein. Und man sollte uns hier nicht erwischen, sonst glauben die Leute noch, wir wären für den Waldbrand verantwortlich gewesen...“ räumte Victor Vinci seine Sachen zusammen und verwischte er seine Spuren.

„Es war immerhin Ihr Funke, Trainer!“ wies Bren auf die exakten Umstände hin, und Victor Vinci lachte nur und winkte ab, und er war durchaus ganz zufrieden, daß er aus allen den einen Funken herausgepickt, der am Ende verantwortlich war für ein gigantisches Feuer, und der Wald war trocken und wurde ein sehr leichtes Opfer für Victor Vincis entflogenen Funken. Zurück ging es ins Automobil, in das gemietete Monster, das stadtwärts fuhr und in Richtung des

Tennisclubs, wo das Turnier auf die Tennishoffnung der Zukunft zu warten vermochte.

Ein paradiesischer Traum

Während Victor Vinci die These mit lässigen Schritten vertrat, man möge am Tag vor der ersten Begegnung bei dem Turnier lieber entspannen, wünschte Bren zu trainieren, um wirklich bereitet zu sein für die besten Spiele seines Lebens bisher; das Duo einigte sich auf einen Kompromiß, und Bren freundete sich ein wenig mit dem Belag an, testete seine Schläger, spielte lockere Bälle, um das Gefühl für das Spiel nicht zu verlieren, bevor es um Punkte ging in der Weltrangliste und um Siege bei dem Turnier und um ein Preisgeld, das er auch gut zu gebrauchen vermochte, und ein Trainer, der einmal Weltklasse gewesen, mußte auch noch bezahlt werden davon, auch wenn es schien, als begleite er seinen Schützling nur als ein Freund. Aber Victor Vinci liebte viele schöne Dinge und liebte es auch, das Geld mit vollen Händen auszugeben, und darin war er auch schon geübt, da er viel bekommen im Laufe seiner Karriere.

Die Trainingseinheit brachte ein bißchen Gefühl, ein gutes Gefühl für den morgigen Auftakt für Bren, und der junge Tennisprofi hatte auch durchaus wieder Hoffnung und inzwischen den Funkenflug verdrängt, der ihm gestern vor Augen geführt, daß er noch nicht wußte, welcher Funke der richtige war, um im Leben voranzukommen, und so blieb ihm nichts anderes übrig, als es mit seiner eigenen Methode zu schaffen, hart zu arbeiten, um das Spiel zu gewinnen. Als Bren mit Trainer Vinci den Tennisplatz verlassen und über das Pflaster des Geländes marschierte, kam eine Autogrammjägerin auf die beiden zu; typisch, dachte sich Bren, wahrscheinlich würde sie wieder nur von Victor Vinci eines sich wünschen und Bren übersehen, wie es alle Autogrammjäger bisher getan, auch wenn Bren schon gute Ergebnisse erzielt und von den Experten hoch eingeschätzt für die Weltrangliste der Zukunft.

„Würden Sie mir Autogramme geben?" bat und bettelte die junge Dame, die selbst eine Tennisspielerin war- Bren hatte sie auf dem Tennisplatz gesehen und Trainer Vinci unter der Dusche, wo sie jeweils mit ihrer längeren, schwarzhaarigen Kollegin gewesen.

„Meine aktive Karriere ist doch schon lange vorbei; Sie sollten sich nur ein Autogramm von ihm geben lassen, denn er ist der große Star der Zukunft!" überließ Victor Vinci nun dem Bren die Autogrammjägerin und stahl sich selbst unauffällig davon, zumal er es Bren sehr gönnte, daß er auch einmal im Mittelpunkt stand, und er wollte den Neid seines Schützlings minimieren, der ihm spätestens seit dem Zwischenfall mit der Gottesanbeterin im Salat aufgefallen. Bren war stolz darauf, endlich selbst ein Autogramm geben zu dürfen und unterzeichnete mit sehr bemühter Handschrift, worüber sich die junge Dame in Tenniskleidung sehr freute.

„Vielen Dank!" war die Autogrammjägerin sofort begeistert.

„Keine Ursache, ich gebe meinen Fans gerne Autogramme", erwiderte Bren in einer solch souveränen Lockerheit, als sei er es gewesen, der den Funken mit der größten Wirkung erwischt- womöglich hatte sich das Leben jetzt doch gewendet, und die gesamte Zukunft würde eine Verkettung von glücklichen Zufällen sein, wie er es bei seinem Trainer immer betrachtet. Es wirkte gut, es wirkte bestens, und die Vöglein begannen zu zwitschern in den Straßen von Farmford und in den Parkanlagen, welche die Plätze, auf denen die gelblichen Bälle weniger zwitschernd erflogen, zu umgürten beliebten. Bren war mit guter Stimmung unterwegs zu dem Zimmer, das er in einem Stadtrandhotel bezogen, und er stellte sich für morgen einen Sieg vor und war in guter Verfassung. Das Autogramm, um das er gebeten, hatte ihm mehr geholfen als tausend Stunden Training, meinte er gar. Das Selbstvertrauen war da, das richtige Gefühl, um dann zu gewinnen. In einem gänzlich weißgetünchten Haus mit einer Flut von Balkonen, die von einer noch größeren Flut an geweißelten Trennwänden voneinander abgetrennt waren, fielen kaskadengleich die Zimmer vom höchsten Gipfel des städtebaulichen Monuments bis zu den Garagen hinab und zu einem Garten, wo ein Swimmingpool vorbereitet war, dem nichts fehlte mit Ausnahme des Wassers. Victor Vinci hatte eines dieser Zimmer, und Bren hatte eines daneben; alle Spieler, die aktiv waren bei dem Turnier von Farmford, logierten im *Paradise Dream*, wie sich das Hotel zu nennen geruhte, und der Name gefiel den meisten besser als das Hotel. Als Bren in seinem

Zimmer alleine war, da dachte er doch wieder zurück an das Lagerfeuer vom Vorabend, und solche Erinnerungen erklommen gerne den Gipfel der Bedeutung im Gedächtnis, weil sie etwas Außergewöhnliches darzustellen wußten, und die vielen Stunden auf dem Tennisplatz waren derweil zu etwas Gewohntem geworden, was sich in all dieser Fülle kaum mehr unterschied, so daß das außergewöhnliche Lagerfeuer noch mehr wie ein Messer durch die Tischdecke des Lebens hindurchstach und hoch aufragte, um nicht übersehen zu werden. Es konnte der erhoffte Wendepunkt gewesen sein im Leben- Bren hatte dies anfangs bezweifelt, da sein Funke sofort erloschen war und nur der Funke seines Trainers den Waldbrand entfacht, der indes alle Medien längst schon beherrschte, aber die Tatsache, daß er heute erstmals ein Autogramm gegeben, die tunkte ihn immer wieder in einen Bottich mit frischer Hoffnung, wann immer er daran nun zurückdachte, und das war auch ein herausragendes Ereignis in seiner Erinnerung. Herausragender, tatsächlich, als mancher verwandelte Matchball, sosehr er auch immer gemeint, daß nur dies ihm wichtig war in seinem Dasein als Sportler, als Spieler, als Kämpfer. Als er sich bettete, um morgen ausgeschlafen zu sein, wenn es losging, dachte er an dieses Autogramm gerne zurück, und es hatte ihm das langvermißte Gefühl von Anerkennung verliehen, das Gefühl, daß all das Training ihm nun endlich etwas eingebracht, das Gefühl, daß in seinem Leben alles so positiv laufen konnte wie im Leben seines glücklichen Trainers. Das Autogramm und die Erwartung, daß dies der Wendepunkt in seinem Leben gewesen, waren für ihn wie ein paradiesischer Traum.

Zerplatzte Kinder

Bren war pünktlich erwacht. Es gab drei Dinge, auf die er sich dabei verlassen konnte: erstens sein Gefühl, wann der richtige Zeitpunkt war, um pflichtbewußt aus den Federn zu kommen, zweitens der hoteleigene Weckdienst, drittens ein Reisewecker, den er zusätzlich noch aufgestellt hatte an seinem Bett. Und viertens gab es natürlich auch noch den Trainer Vinci, der gerne zusagte, Bren rechtzeitig aufzuwecken, aber Victor Vinci war ein Langschläfer und hatte zudem, weil er sich wie die Langohren auf der Osterinsel alles erlauben zu können glaubte, oft Damenbesuch oder machte die Nächte durch und war morgens nicht als zuverlässige Weckinstanz zu gebrauchen. Bren hatte an seinen Trainer gedacht, hatte an die Osterinsel gedacht, dachte an einen paradiesischen Traum, den er zur Nacht genossen, und dachte an die Spielerin, die ihn gestern um ein Autogramm gebeten. Sie war auch aufgetaucht in seinem Traumreich, erinnerte er sich jetzt sehr bewußt, und er übergrübelte, ob es da eine Zukunft geben konnte... Eine junge Tennisspielerin, die ihn womöglich sehr verehrte, in den gleichen Hotels wahrscheinlich zu residieren geruhte, oft bei Turnieren in denselben Städten antrat, und vielleicht spielte man mal ein gemischtes Doppel gemeinsam, lernte sich näher kennen, heiratete, hatte Kinder... Er versuchte sich gerade daran, sich Namen für die Kinder zu überlegen, als es an der Zimmertüre zu rumpeln begann. Wahrscheinlich war es sein Trainer, dachte er sich, und schlich türwärts, um das berumpelte Objekt sogleich auch zu öffnen. Davor stand ein ergrauter Herr mit einem Schnurrbart, der sich eine gewaltige Ausdehnung erlaubte und an seinen Enden nach oben gezwirbelt war, um sich seinerseits als Kunstwerk auszuweisen; nicht nur der Schnurrbart wies sich aus, sondern auch dessen Besitzer, der über eine sehr überzeugende Polizeimarke verfügte, die frischpoliert vor den Augen des Spielers erblitzte.

„Ich bin Kommissar Quappel vom Kommissariat in Farmford“, zelebrierte der Schnurrbart die Einführung seiner Person, „Bitte achten Sie darauf, daß Sie es richtig aussprechen-man schreibt es Q-u-a-p-p-e-l, aber hier in Farmford sagt man eher Quoppel. Das bin ich inzwischen gewohnt, und Sie können es auch so aussprechen. Kommissar Quappel, Kommissar Quoppel, auch wenn man es Q-u-a-p-p-e-l schreibt.“

„Warum sollte ich es so aussprechen- wo soll ich Ihren Namen erwähnen?“ verstand Bren nicht sonderlich viel von dem, was von ihm da gewollt war.

„Ich meine, Sie können mich so anreden. Kommissar Quappel.“

„Warum und bei welcher Gelegenheit sollte ich Sie ansprechen?“

„Ich meine, wir haben jetzt viel miteinander zu tun.“

„Aber warum?“

„Weil ich Sie hiermit verhafte!“

„Wie? Nein, das geht nicht, ich habe in wenigen Stunden ein Spiel!" erschrak Bren voller Unverständnis.

„Das hätten Sie sich vorher überlegen müssen!" schnauzte der Schnauzbart dem Tennisjüngling entgegen.

„Vor was?" hakte dieser mit gespielter Unwissenheit nach und glaubte aber doch jetzt plötzlich mit einemmal zu wissen, daß es um den Waldbrand ging, den aber der Funke seines Trainers entfacht.

„Sie haben Ihre Jugend in den Tennisakademien in Europa verbracht, wie ich mich kundig gemacht habe aus den Gazetten, aber hier bei uns, da sind sexuelle Belästigung und Voyeurismus keine Kavaliersdelikte. Farmford ist ein anständiger Ort, und als Vertreter des Kommissariats Farmford werde ich dafür sorgen, daß es auch so bleibt!" polterte der erquappelnde Schnurrbart.

„Sexuelle Belästigung und Voyeurismus?" brüllte Bren außer sich, denn das konnte er sich am allerwenigsten vorwerfen lassen.

„Sie können es nicht leugnen, ich habe hier das von Ihnen unterzeichnete Geständnis!" hielt der Schnurrbart einen Wisch vor die ungläubigen Augen des Tennisspielers. Das Autogramm von gestern. Es wäre ja auch zu schön gewesen, wenn sich das Leben wirklich gewandelt hätte und sich etwas daran geändert hätte, daß er immer Pech hatte, während sein Trainer... Er dachte an die junge Dame, die ihn um das Autogramm gebeten. Er dachte an die gemeinsame Zukunft, die zerplatzt war wie eine Seifenblase. Er dachte an die gemeinsamen Kinder, die zerplatzt waren wie die Seifenblasen. Er dachte an seine eigene Zukunft, die nun nach Seife schmeckte.

„Das war eine Autogrammjägerin, die mich um ein Autogramm gebeten hat; ich hätte es nicht unterschrieben, wenn ich gewußt hätte, was da noch auf dem Zettel gestanden hat!" verteidigte sich Bren ganz verzweifelt.

„Sie sollten jetzt nichts sagen, was Sie belastet, und Sie können sich einen Anwalt nehmen", offerierte der Quappel.

„Wieso *belastet*? Was belastet mich denn daran? Ich habe nur gesagt, daß ich das Geständnis nicht unterschrieben habe, daß das nicht gelten kann, weil ich einfach nur ein Autogramm auf ein Blatt Papier gegeben habe, und das zählt alles nicht. Ich habe niemanden sexuell belästigt, und ich bin auch überhaupt kein Voyeur!" bellte Bren ganz außer sich, und er war doch gerade noch so guter Dinge gewesen und so guter Hoffnung und in der Vorbereitung auf sein heutiges Spiel.

„Kommen Sie erst einmal mit auf das Kommissariat. Dann besprechen wir alles weitere, und der Richter wird dann entscheiden, wie es weitergeht." beschwichtigte der schnurrbärtige Quappel und wollte Bren abführen.

„Aber ich habe ein Match. Ein Tennismatch. Ich kann das gesamte Turnier vergessen, wenn ich nicht antrete. Und ich bin der Favorit!" jaulte der Bren sogleich weiter.

„Das weiß ich. Ich habe inzwischen die Gazetten gelesen."

Bren schüttelte seinen Kopf und fragte sich selbst nach dem weiteren Vorgehen; er könnte ja seinen Trainer anschwärzen, daß jener den Kopf dann hinhielt, nachdem er sich übermäßig geschickt noch entzogen, als er das Autogrammgeben an seinen Schützling abgewälzt, und das zum allerersten Mal, aber der Trainer war auch ein guter Freund, und man verpetzt keine guten Freunde, wie Bren auch meinte, aber für ihn ging es um das Spiel, für ihn ging es um das Turnier, für ihn ging es um die Karriere, und wenn er das Turnier von Farmford gewann, dann durfte er demnächst bei den größeren Turnieren antreten und sich endlich mit der absoluten Elite der Erwachsenen messen. Aber so gewann er es nicht. Er mußte auf das Kommissariat Quappel, er mußte in die Zellen des Kommissars Quappel von Farmford. Q-u-a-p-p-e-l. Diese Buchstabenfolge spazierte ihm trampelnd durch sein Gehirn, während er sich in einer Umrahmung von Polizisten nach draußen begab und nicht turnierwärts, sondern kommissariatswärts abgeführt wurde.

Die Fahrt zum Quappelort

Schlenderselig näherte sich Victor Vinci dem Zimmer seines Schützlings; er klopfte, um Bren abzuholen. Üblicherweise wurde er eher abgeholt von seinem Schützling, aber warum sollte es nicht einmal anders sein... Es antwortete niemand auf das Klopfen, und normalerweise war eben nichts anders, als es sonst war, und Victor Vinci konnte Bren auch heute nicht abholen. Er dachte sich aber doch irgend etwas dabei, was Sorgenvollem nicht unähnlich war, aber vielleicht würde er den jungen Profi unten antreffen bei einer stärkenden

Mahlzeit, und jener wußte schon immer, was er disziplinierterweise zu sich zu nehmen hatte, um im Spiel in der besten Verfassung zu sein. Victor Vinci gab nicht seinen schlendernden Gang auf. Mit einem Zwei-Wege-Aufzug ging es nach unten, und dort war Bren auch nicht zu finden. Trainer Vinci war gelassen und blieb gelassen. Naheliegend erschien es, bei der Rezeption nachzufragen, und er nannte den Namen des unter seinen Fittichen kämpfenden Spielers und erfragte seinen Aufenthaltsort, soweit das Hotel ihn wußte- er zog beinahe in Betracht, ihn schon am Spielfeld zu erwarten, denn manchmal konnte Bren sehr ungeduldig sein, wenn er einem Spiel entgegenzufiebern hatte.

„Er ist von der Polizei abgeführt worden“, informierte ihn eine freundliche, junge Dame an der Rezeption, und Victor Vinci hatte das Talent, daß alle jungen Damen immer freundlich waren zu ihm.

„Aber wieso? Dazu bestand doch überhaupt kein Anlaß!“ war Victor Vinci nun doch etwas beunruhigt, und er konnte sich überhaupt keinen Reim darauf machen.

„Ich weiß es nicht, aber die Polizisten haben ihn abgeführt. Zuvor hat ein Kommissar Quappel hier nach seiner Zimmernummer gefragt.“ erklärte die junge Dame weiter, deren sich bewegendes Namensschild Victor Vinci für eine Weile begutachten mußte.

„Ein Kommissar Quappel?“ hakte der Trainer nach.

„Q-u-a-p-p-e-l“, buchstabierte das freundliche, junge Wesen an der Rezeption.

„Wie bitte?“ verstand Vinci erst nicht.
„Q-u-a-p-p-e-l. So buchstabiert man seinen Namen. Er hat ihn mir vorbuchstabiert. Er ist vom Kommissariat Farmford und will hier nicht erlauben, daß wir europäische Verhältnisse bekommen!“ gab die Rezeptionsdame in etwa genau das wieder, was sie von Kommissar Quappel gehört. Victor Vinci mußte ihr Namensschild geraderücken, weil es verrutscht war, und sie bedankte sich mit einem Küßchen bei ihm für die heldenhafte Tat.
„Werde ich ihn dann im Kommissariat Farmford finden, bei Herrn Q-u-a-p-p-e-l?“ fragte Victor Vinci nach.
„Ich weiß es nicht, aber wahrscheinlich. Ich wünsche Ihnen viel Glück, daß alles in Ordnung kommt!“ hoffte die junge Dame mit ihm, und Victor Vinci bedankte sich bei ihr mit einem Küßchen für den netten Wunsch und machte sich dann auf den Weg. Vor dem Hotel hielt ein Taxi.
„Zum Kommissariat Farmford bitte!“ raunte Victor Vinci dem Fahrer zu.
„Das ist Ihr Glückstag heute, gerade ist der Taxameter kaputtgegangen, und so fahren Sie umsonst!“ spendete der Taxifahrer eine erfreuliche Meldung.
„Danke, das kommt mir sehr gelegen, weil ich meine Brieftasche vergessen habe“, jubelte Victor Vinci und bangte aber doch um seinen Schützling, der doch heute ein wichtiges Spiel noch besaß und rechtzeitig freikommen mußte. Mit diesen Worten begann die Wanderung der Alleebäume, von denen einer nach dem anderen an den Seitenfenstern des Wa-

gens vorbeizuflanieren geruhte, und Victor Vinci nahm Baum für Baum genüßlich zur Kenntnis, als bekäme er für jeden einzelnen davon eine Prämie in astronomischer Höhe- in Wirklichkeit, aber, war dem Tennistrainer genau dieses Glück noch nicht widerfahren, und es gab im Moment niemanden, der dafür prämiert wurde, von Alleebäumen passiert worden zu sein... Aber Victor Vinci behielt den Gedanken im Hinterkopf und war sich sicher, daß er der erste Mensch auf der Welt sein würde, der eine solche Prämie doch noch bekam, wenn sie denn überhaupt jemals irgendwem ausgezahlt werden würde. Er entsann sich, daß er die Anklage noch nicht kannte, unter der man Bren festgenommen, aber er würde seinen Schützling schon aus der Bredouille herausreden können, da ihm bislang schließlich auch immer alles gelungen. Aber vielleicht hatte es auch irgend etwas Gutes an sich, und es hatte einen guten Grund des Schicksals, daß Bren heute nicht antreten sollte. Aber andererseits hatte es sich vorgestern abend gezeigt, daß Brens Funken noch nicht zu fliegen vermochten wie die des Meisters aller Funkenflüge, der vieles erreicht, ohne es sich mit mehr verdient zu haben als seinem bloßen Geschick, glücklich agieren zu können. Kostenlos wurde er an der korrekten Adresse abgesetzt, und er konnte das Kommissariat von Farmford stürmen, um seinen Schützling aus den Quallenhänden eines Quappels zu befreien. Er war dabei locker und ohne Angst, auch wenn ihm irgendwo im Hinterkopf bewußt war, daß er natürlich auch irgendwie hätte hineinschlittern können in die Sache, denn es schien ihm nicht ausgeschlossen, daß das Feuerwerk in den Wäldern etwas zu tun haben konnte mit der Verhaftung des jungen Spielers, und er fand diesen im Kommissariat auch vor und erfuhr, daß es sich nicht um das Feuerwerk in den Wäldern zu handeln beliebte, weswegen Bren von seinem Turnier ferngehalten, aber die andere Sache war nicht weniger mißlich, wenn die Polizei denn erfuhr, daß auch jene auf das Vinci'sche Konto ging, auch wenn Victor Vinci selbst schlau genug gewesen, zum ersten Male in seinem kompletten Leben einen Autogrammwunsch abzulehnen.

„Keine Sorge, keine Sorge, keine Sorge, wir kriegen das schon alles in den Griff", verströmte der Trainer einige gute Laune und klopfte mit mehr Händen, als ein Krake Arme hatte, auf alle Schultern, die Bren noch besaß; die Atmosphäre, die diesen Kokon aus klopfender Sorglosigkeit umgab, war derweil nur eine Ansammlung von Schreibtischen, an denen gearbeitet wurde, und diese endlosen Lager an Schreibtischen schienen die Klopferei dergestalt einzuengen, daß ihre sorglose Aura doch immer wieder verpuffte und Bren nicht völlig die Sorge nahm, daß er dauerhafter festgehalten wurde, da Kommissar Q-u-a-p-p-e-l ihm dies in Aussicht gestellt, als er noch einmal das Geständnis verlesen, das die Autogrammjägerin ihm verfaßt.

„Ich muß zu meinem Erstrundenmatch!" kündigte Bren an.

„Nicht so schnell", knurrte Schnurrbart Quappel.

„Erst einmal- worum genau geht es?" wandte sich Victor Vinci in den Quappelbart. Er wußte es ganz genau, aber ließ sich noch einmal erklären, was er selbst getan und was aber Bren angelastet wurde, dem er es hoch anrechnen wollte, daß dieser ihn nicht verraten. Indes blieb der Atmosphäre jener Eindruck treu, als ob die sich auftürmenden Massen an Schreibtischen die Hauptgefahrenquelle waren an diesem Quappelort, wovon Bedrohung ausging. Und Victor Vinci winkte ab, das sei doch nichts Schlimmes, was seinem Schützling da vorgeworfen wurde- aber Quappel-Kommissar Schnurrbart sah dies ganz anders und wertete es als schweres Verbrechen. Und deshalb, auch, sollte Bren nicht antreten dürfen zu dem Turnier. Er fühlte sich wie ein Funke, der einen Momentlang geflogen und dann aber abgestürzt in einen Tümpel mit lebensbeendendem Naß.

Alte Freunde, neue Freundinnen

Er hatte nichts mehr tun können im Kommissariat Quappelford (das hörte sich an, als wäre jemand gestorben, aber das war nur die Hoffnung gewesen, Brens Leben könnte sich nach der Betrachtung des Funkenfluges doch ändern); auf jeden Fall war Trainer Vinci aufgebrochen zum Gelände der Veranstaltung des Tennisturniers, ob er dort noch erzielen konnte, daß das Spiel seines Schützlings verschoben.

Die Sonne lachte, wohin Victor Vinci seine Füße tat; er hatte wieder ein Taxi mit defektem Taxameter gefunden und sich kostenlos zu einem anderen Ende der Stadt bringen lassen. Er kannte die Leute, die das Turnier veranstalteten, und das würde ihm hilfreich sein bei seinen Anliegen, dachte er sich.

Er suchte sich das richtige Gebäude aus, wobei in der Sonnenflut auch Menschen schwammen, die Tennisfans waren und den alten Helden freilich erkannten. Und wer einen alten Helden erkannte, der bejubelte ihn auch- es gab ohnehin nicht viele von seiner Reputation, und die anderen, die es gab, die waren nicht hier bei diesem kleinen Turnier. Sonne und Jubel meinten es gut mit ihm, und welches Gefühl er für den Funkenflug des Lebens besaß, das hatte sich ihm kürzlich von neuem sehr eindrucksvoll offenbart- mit diesem guten Gefühl lief er freudig dem Turnierdirektor in die Arme, der ihm entgegenkommen, als wäre er ihm extra gesandt. Noch vor den Türen von Büros oder Häusern geschah dies, dort, wo auch die Spieler und Gäste erwimmelten, und Victor Vinci grüßte seinen alten Freund, der auch ihm gegenüber alles offenbarte, was man an Herzlichkeit nur auszuschütten vermochte.

„Alter Freund, mein Schützling ist leider festgenommen worden, und wir müßten das Match ein wenig verschieben“, äußerte Victor Vinci voll Überzeugung.

„Alter Freund, er ist festgenommen worden, weil er hier auf dem Tennisgelände gegen die guten Sitten verstoßen hat, und solche Leute wollen wir hier nicht haben- wenn er zum Spiel antreten würde, würden wir ihm ein Hausverbot in unserem Tennisclub erteilen“, informierte aber der Turnierdirektor, der noch hinzufügte: „Sie sind ein anständiger Mann, Victor Vinci, und wir schätzen Leute wie Sie sehr. Aber Ihr Schützling ist ein Lustmolch und Belästiger, und so jemanden mö-

gen wir hier gar nicht. Lassen Sie uns das doch vergessen, und kommen Sie heute abend mit in meine Villa- wir haben einen ganzen Weinkeller, den wir ausschlürfen können, alter Freund, und Sie sind immer herzlich willkommen."
Victor Vinci hatte oft Glück, ja, er hatte vielleicht sogar immer Glück. Vor allem hatte er jetzt sogar noch das Glück, daß er nach dem Gehörten nicht einmal ein schlechtes Gewissen besaß, und dabei hätte ein solches so ziemlich jeden geplagt, der nach einem solchen Verlauf an Ereignissen dies zu Gehör bekam.
„Ach ja, das hört sich gut an, das läßt meinen Gaumen schon jetzt frohlocken- wann gehen wir?" hatte Victor Vinci die andere Sache fast völlig vergessen und besonders völlig verdrängt, daß er für alles verantwortlich war, was er fast völlig vergessen.
„Man erwartet, daß ich anwesend bin während der Spiele; unser Lokalmatador spielt am späten Nachmittag, und danach können wir gehen!" kündigte der Turnierdirektor seinem alten Freund an. Der alte Freund blieb freundlich, und ihm freundlich blieb das Schicksal, denn als nächstes lief ihm die appetitliche Tennisspielerin über den Weg, die er auch schon nackt im Duschraum gesichtet, und es handelte sich um die lange Kameradin der Autogrammtrickserin, deren Pferdeschwanz sich wie eine Vollblutstute im Sonnenball schüttelte, wie es dem hingerissenen Trainer Vinci vorkommen mochte- das war der richtige Zeitvertreib, bis die Weine anfingen, zum Gaumen zu galoppieren!

„Es tut mir übrigens leid, daß meine Freundin auch versuchen wollte, Sie zu einer Unterschrift auf dem Geständnis zu bewegen, aber wir haben anfangs nicht genau gewußt, ob Sie nicht vielleicht auch als Voyeur tätig gewesen wären, aber die Zeugen, die wir hatten, waren da in der Aussage nicht so präzise. Ich hoffe, Sie können uns das verzeihen!" erbat sich die schwarzhaarige Schlanke.
„Aber natürlich, ich bin da nicht nachtragend", winkte Victor Vinci vergebensgroßzügig ab.
„Das freut mich. Wir hätten das natürlich nicht annehmen dürfen, Sie sind ein großer Held des Sports, wieso sollten Sie so etwas tun..." redete die junge Dame weiter.
„Ach, wissen Sie, ich könnte nicht bestreiten, ab und zu auch gewisse männliche Bedürfnisse zu verspüren", räumte der einstige Tennisstar ein, um sein Gewissen doch zu erleichtern, aber da war ihm die junge Spielerin schon derart verfallen, daß sie von der Spielerin zur Gespielin wurde und sich nichts anderes als anbot für die Befriedigung der männlichen Bedürfnisse, die Victor Vinci gerade erwähnt. Im nächsten Moment waren alle Gewissensfragen vergessen, die polizeilichen Ermittlungen zu den Horizonten gelegt und Victor Vinci und sein Duschraumopfer auf dem Weg zum Hotel, auch wenn sich der zum Schafott geführte Bren vor dem Totengräber umdrehen würde, wenn er von der stürmischen Affäre Wind bekam, die sich anbahnte wie ein karibikzerzausender Hurrikan.

Im Hotelraum, in dem sich Victor Vinci wie ein Krake ausgebreitet, der mit vielen Armen Utensilien placiert, um sich hier heimisch zu fühlen, ließ die Besucherin bereitwillig ihre Kleider zu Boden regnen; jetzt schrie sie nicht auf, jetzt wehrte sie sich nicht gegen die Blicke, die sie schon einmal auf diese Weise gesichtet- ihr langer, schlanker, nackter Körper war gar allzugern bereit, sich gegen die Blicke des alten und scheinbar doch unverglühbaren Sterns nicht ein bißchen zu wehren, aber gegen die Vorstellung der Blicke des kommenden Sterns, der die Zukunft zu erleuchten gedachte, hatte sie etwas und wehrte sich etwas in ihr. Es war kaum zu ergründen und kaum zu erklären, aber es steckten wohl ein und dieselben Mechanismen dahinter, die Brens Funken in den Wasserteich navigiert und den Vinci'schen Funken in den ach so vertrockneten Wald. Victor Vinci war es recht und im Moment halbwegs egal, denn seine Augen hatten einen Pupillenschmaus zu genießen und seine Hände bald Zehnfingervoll zu berühren, was sich knospenzart unter die gaumenartig erschmeckenden Kuppen begab. Und die Brustwarzen der jungen Dame hatten exakt das Aroma, in welches sich die Stielaugen schon kürzlich getunkt- und vom sauren Saft des Schuldbewußtseins oder dem grießigen Getränk des gebissenen Gewissens war überhaupt nichts auf seiner Zunge zu schmecken...

Die Angst vor erlöschenden Laternen

Als Bren ein langes Verhör über sich ergehen lassen mußte, da man auf der Farm in Quappelford nur anständige Menschen duldete, die nur anständige Dinge taten, fühlte er sich vergessen und geradezu wie jemand, der aus der Weltrangliste herausgepurzelt war und nicht mehr geführt wurde in der Statistik- ja, er fühlte sich gar wie jemand, der aus der Weltrangliste der Menschen herausgepurzelt war, vergessen, als hätte er niemals existiert, und keine Nachricht erhielt er, daß sein Spiel verschoben worden wäre, und keine Nachricht erhielt er, daß sein Trainer ihm eine Handvoll Hilfe doch zugedieh, nachdem er die Schlinge auf sich genommen, die einem Victor Vinci gebührt. Aber Victor Vinci war erhaben über solche Schlingen, und kein Tümpel der Welt vermochte dessen Funken zu verschlingen, und er konnte weiterfliegen und neue Wälder in Brand setzen, und diese würden trocken sein, ganz trocken, wohin auch immer er fiel. Das Stilmittel der Repetitio wandte das Denken mit der ständigen Wiedererinnerung an den Funkenflug indes ebenso an wie der Quappelmeister des Kommissariats, der dem Tennisspieler wieder und wieder und wieder (und wenn er es kaum mehr erwarten würde, noch einmal und wieder) das unterschriebene Geständnis vorhielt, das ihn beschämen sollte, und langsam und allmählich, da glaubte er es noch und schämte sich wirklich für das, was er angeblich an dem Fenster getan. Wie konnte er da ein schlechtes Gewissen haben, wieso mußte er sich mit einem schlechten Gewissen plagen, verstand Bren nicht mehr, obwohl er doch gar nichts getan? Aber der Quappelschnurrbart tat auch wirklich alles, um das schlechte Gewissen des Jungstars zu pflegen, und er malte immer wieder und immer wieder aus, wie hätte der nächste Schritt ausgesehen, wenn Bren nach dem, was er gar nicht getan hatte, weitergemacht haben würde... Bren konnte nur noch mit dem Kopf schütteln, und er ärgerte sich, daß er den Tag hier verlor und wohl auch die Chance auf den Sieg im Turnier. Zwischendurch wurde ein Anwalt zur Hilfe herbeigerufen- dieser traf aber niemals ein, nach Gerüchten, die auf dem Revier des Kommissars verbreitet, weil er das Taxi nicht hatte bezahlen können, um dorthin zu gelangen, wo der Quappeltatort. Ewig konnte man Bren nicht festhalten, und dafür gab es auch in Farmford Gesetze, aber bis zur letzten Sekunde wurde dies ausgereizt, und sogar noch länger, weil man entsprechend nachgehende Uhren vorfand, die das Gesetz damit dehnten und dessen vorgegebenen Zeitraum. Dann war Bren entlassen und nicht weiter belastet worden außer durch sein eigenes Geständnis, das er im Glauben an sein erstes Autogramm unterschrieben und welches in ihm die Hoffnung kurz geweckt, er würde auch einmal Gottesanbeterinnen finden, ob im Salat oder auf offener Straße. Und auf offener Straße- es war eine eher geschlossene Allee, aber bestimmt fand sich ein offener Gully noch an, in den er hineinstürzen konnte- stand mit einemmal auch Bren, und er hatte aber im Moment kein Geld für ein Taxi und nur das für ein Telephon, und er wollte seinen Trainer herbeirufen und traf ihn aber nicht an, wie oft auch immer er ihn beklingelte, und er rief aus dem öffentlichen Münzfernsprecherkasten auch bei der Turnierdirektion an, aber er erfuhr nur, er war dort nicht mehr erwünscht, und er erfuhr nur, er hatte dort Hausverbot, und er erfuhr nur, er war damit aus dem Turnier ausgeschieden, und er erfuhr nur, daß das letzte Spiel dieses Tages beendet, und er erfuhr nur, daß sein Trainer zum Weintrinken mit dem Turnierdirektor entwischt, und er erfuhr nur, daß das Pech weiterhin haftete an ihm, und er erfuhr nur, daß seine Funken immer in den nächstbesten Teich segelten, in den dumpfen, dunkelsten Tümpel, in dem sie augenblicklich gelöscht. Alle Funken, die seine Hoffnung aufbieten konnte, stürzten wie Lemminge dem am Lagerfeuer beobachteten Funken hinterher. Bren sortierte im Geiste, was er erfahren hatte, was er alles erfahren hatte, und über seinem Haupt ging ein orangeglühendes Gleißen, das als Abendrot fungierte, schon wie der Nachtwächter auf seiner letzten Runde durch die Kronen der Pinien und durch das mächtige Geweih der rauhen Mammutbäume, die altersvoll und zerzaust an den Boulevards placiert standen. Derart lange, also, hatte Bren im Quappelariat versauern müssen! Was als nächstes am Himmel stand, das war so etwas wie ein Regenbogen, zumindest etwas, was sich von einem Regenbogen nur in zwei Punkten unterschied: erstens war dieses Etwas ohne Regen aufgetaucht, und zweitens besaß dieses Etwas nur eine einzige Farbe, bei der es sich um Schwarz handelte, und zwar um keine der nuancenreichen Abstufungen von Schwarz, sondern um das eine und endgültige Schwarz, das keiner genaueren Bezeichnung mehr bedurfte. An den Alleen waren viele Feuer der Straßenbeleuchtung entflammt, und zu dieser Stunde ließ es sich gut unterscheiden, ob am oberen Ende des Stammes eine lodernde Lampe saß oder ein in den Friedhof der Finsternis hineingestorbener Baumwipfel; darüber mußten Sterne sein, mußten Sterne existieren, und Bren hatte sie in der Prärie draußen sehr wohl gesehen, aber hier waren sie übertüncht von den Flammen der Zivilisation, und einzig auf sich aufmerksam machte ein Mond, der aber so hilflos dreinsah und weinend, als sei er ein Waisenkind im Universum und ohne seine Mutter Erde unterwegs. Bren schaute wieder zu den Laternen- er schaute absichtlich ganz unbestimmt zu jenen, und er suchte sich ganz absichtlich keine einzelne Laterne heraus, denn ihm schwante, jener würde das Licht unverzüglich erlöschen, wenn er sie auswählte, wie er den Funken ausgewählt in jener denkwürdigen Nacht, zu der der Waldbrand begonnen. Es war ein Rettungshubschrauber, der als erstes Objekt dem Waisenmond Gesellschaft leisten wollte, in die Richtung unterwegs, die auch die Löschflugzeuge eingeschlagen, und Bren dachte an den verursachenden Funken und dachte an seinen Trainer Vinci, den er rasch suchen mußte...

Abschluß eines Paradiestages

Victor Vincis Tag war das Paradies. Victor Vincis Tage waren immer das Paradies. Aber obwohl man vom Paradies sagte, daß dort jeder Tag gleich schön zu sein geruhte, so waren für Victor Vinci manche Tage doch noch paradiesischer als manch andere. Der Funkenflugexperte hatte den besten Sex seit Monaten oder Jahren genossen und nun den besten Wein seit Ewigkeiten. Mehr wollte er nicht verlangen, und er war mit sich und dem Leben zufrieden, war mit sich und dem Paradies zufrieden und hatte alle anderen Seiten des Daseins vergessen und vor allem seinen Schützling und dessen Spiel, das nicht hatte stattfinden können aus wohlverdrängten Gründen. Victor Vincis Tag, der das Paradies war, lag längst in den letzten Zügen. Victor Vincis Tag, der das Paradies war, sah sich in einen Abend, eine Nacht gemündet, aber davon war nicht viel zu sehen, weil ein backsteingemauerter Keller die beiden alten Freunde umgab: den Turnierdirektor, der Einfachheit halber hier namenlos belassen, und den einstigen Weltklassespieler, der als Trainer Verantwortung übernommen hatte und dieser auch gerne nachkam, solange es ihm Spaß zu bereiten vermochte. Er glaubte, er wäre darin vorbildlich, und es reichte aus, wenn er sich morgen darum kümmerte und jetzt die Stunden genoß, die genießerischer kaum dahinstreichen konnten. Etwas angetrunken, freilich, war Victor Vinci auch, nachdem er eine Reihe bester und allerbester Weine probiert, aber er konnte stets auf sein Glück vertrauen und das natürliche Geschick seines Lebens, und so ließ er sich ohne Bedenken in die sanften Arme eines weichen Rausches sinken, und das Vertrauen und das Gefühl einer Geborgenheit in den Gärten des Glücks, durch die sein

Leben spazierte, schenkten ihm eine wohlige Sorglosigkeit, die kaum ein anderer jemals so wohlig oder so sorglos sich hätte erträumen können. Auch in einem Keller mit Backsteinwänden war Victor Vinci sicher wie in einer Gummizelle, und das selbst dann, wenn er umgeben war von Flaschen und Flaschen und noch mehr Flaschen mit gläsernen Hälsen und glucksendem Inhalt. Victor Vinci taumelte durch seine Welt aus sich aneinanderreihenden Genüssen, und von irgendwoher rief schon wieder das nächste Abenteuer, rief die Nacht von draußen, rief die Gewißheit, daß ihm weitere Funken erscheinen würden, die für ihn und für niemand anderen ins Ziel zu fliegen gedachten. Mit der Begeisterung eines Betrunkenen, der aus seiner persönlichen- und nur seiner persönlichen- Erfahrung wußte, daß er keinen Kater mit neun Leben bekommen würde, wie es anderen Menschen widerfuhr, wenn sie tranken, verabschiedete sich Victor Vinci von seinem Gastgeber und dessen Weinkeller, wobei ihm noch ein Geschenk mitgereicht wurde, und trat hinaus in die Nacht, und die Nacht jubelte. Hier waren Sterne aufgetaucht, und die Sterne beteten Victor Vinci an, wie es ihm vorkam, und nur das zählte, und so taten sie es auch tatsächlich; ein Chauffeur des Turnierdirektors war mit der Aufgabe betraut, den einstigen Weltklassespieler zum Hotel zu kutschieren, und die Fahrt von der Villa in den nächsten paradiesischen Traum, der ihn erwartete, gestaltete sich ach so gemütlich. Auf der ganzen Fahrt schienen die Straßenlaternen zu singen, und jeder Alleebaum war als Freund des Trainers unterwegs.

Victor Vinci bedankte sich beim Fahrer, stieg aus und erhielt auf dem Hotelparkplatz von einem auf der Durchreise befindlichen Ölmogul ein Bündel Geldscheine in die Hand gedrückt, weil er irgendwie verwechselt worden war mit dem Hotelpersonal- das machte ihm nichts aus, sondern erfreute ihn sehr. An der Rezeption traf er die junge Dame an, die ihm am Morgen Auskunft erteilt hatte, und er wollte ihr wieder mit ihrem Namensschild helfen, aber sie mußte es nicht tragen, weil ihre Schicht schon beendet. Stattdessen wollte sie nur mit ihrem Helden auf sein Zimmer gehen. Der Held fragte nach, ob sein Schützling zurückgekehrt war, und er war es nicht, und das traf sich für den Moment äußerst gut. Der Trainer schlug das nächste Kapitel auf von dem Paradiesbuch, in dem seine Tage stets aufgelistet und aufgeführt waren.

Sinnloses Sitzen

Bren mühte sich, in dem Geschehenen etwas Sinnvolles zu erschauen; die Bemühung verlief im Dunkel der Nacht, durch das er wanderte. Er traf einen Herrn mit einer Bibel am Straßenrand an, der ihn zum Guten bekehren wollte, und er traf einen Drogendealer ebenso an, der ihn aber zum Schlechten bekehren wollte. Bren hatte nur das Bedürfnis, irgendwo hinzukommen. Entweder zum Turnier, das aber nachts keine Spiele zuließ, oder zum Hotel, wo er sich vielleicht erholen konnte, vielleicht stärken konnte vor dem nächsten Tag, der vielleicht doch ein verschobenes Spiel

noch erbrachte- was aber unwahrscheinlich war, da der Zeitplan eine Verschiebung um einen gesamten Tag nicht hätte ermöglichen können.
Farmford erschien groß. Farmford erschien vor allem sehr großflächig. Das Straßennetz überbot sich in Großzügigkeit. Selbst der Strom stöhnte in den vielen über die Kreuzungen gespannten Leitungen, daß es so weit war vom einen Ende der Stadt bis zum anderen. Das Konditionstraining tat ihm vielleicht sehr gut, versuchte Bren zu denken, aber der Gedanke erweckte in ihm keine Freude und durchaus keine Hoffnung, daß sich nun etwas geändert haben würde, seit er den Funkenflug nachts betrachtet. Es war eine neue Nacht und eine neue schlaflose Nacht. Gerädert, durch ein quappeliges Räderwerk gedreht und verirrt in den breiten Straßen von Farmford, quälte sich Bren voran, und er hatte versucht, das Hotel anzuvisieren, zumindest die richtige Richtung, aber der Mond und die Sterne waren nicht bereit, ihm zu helfen und ihn durch das zu navigieren, was immer mehr ein auf dem Reißbrett geplantes Labyrinth zu sein schien. Es nahm viele Schaufeln voll Zeit in Anspruch, bis sich Bren als Oberflächenmaulwurf durch das Dunkel der Nacht gegraben, auch wenn mancher Tunnel durch dieses mit dem fremdartigen Schein greller und doch seelenloser Laternen erleuchtet. Irgendwann war es geschafft, und der *Paradise Dream* funkelte wie eine Oase in der schwarzen Wüste der vergessenen Kehrseite des Tages. Willkommen hieß das Hotel seinen Bewohner, der aber spürte, daß er sich weniger willkommen fühlen

konnte als sein Trainer, der womöglich hier, möglicherweise dort, vielleicht woanders war, und Bren hatte lange nichts von ihm vernommen. Er würde suchen- im Hotel und notfalls am Ende der Welt, sobald das Verfahren gegen ihn beendet, denn augenblicklich war es nicht erwünscht, daß er ans Ende der Welt schon verschwand. In der Hotelhalle schaute er sich um, und seine müden Blicke kratzten an allem, was sich ihm darbot, aber er sah keine bekannten Gesichter, obgleich im paradiesischen Traum auch viele Kollegen und Kontrahenten zu wandeln geruhten- aber nicht mehr zu dieser Stunde, die viel gähnendes Nichts offenbarte. Nur eine einzelne Gestalt aß noch Störeier im Hotelrestaurant. *Bitte nicht stören!* war dann, was Bren weiter oben vorfand an der Türe des Trainers, und er malte sich etwas aus, was hinter der Türe vorging, und er wollte dem Glück Victor Vincis keinen Abbruch bereiten, sondern warten, bis das Schild in die ewigen Jagdgründe gesegelt sein würde, wie es mit den Störeiern geschehen, soweit er gesichtet. Bren schlüpfte in sein eigenes Zimmer, in dem er aber bebte und brodelte vor Verärgerung und dessen Wand auch bebte vor brodelnder Leidenschaft, die in dem Nebenzimmer pulsierte. Er fühlte sich mit vielfachem Pech geplagt, daß sein Trainer diese Beschäftigungen vorzog, statt sich um den Tennisstar der Zukunft zu kümmern, und daß sein Trainer jemanden hatte, er selbst aber nicht, und daß nichts und niemand dawar, um seine Ohren bereitzustellen, daß er sie als Aschenbecher benutzen konnte, um den Glimmstengel der Wut auszudrücken. Erschöpfung ließ Bren in den Halbschlaf gleiten, und er sah vor sich halb einen Alptraum und halb eine alptraumhafte Realität. Irgendwann ebbte die Flut an Lustgeräuschen ab, die aus dem Nachbarzimmer kam, und der Ozean der Leidenschaft war ein stiller Ozean geworden. Bren unterzog das *Bitte nicht stören!* einer Überprüfung, aber die Troika an Worten hing noch immer mit ihrem guten Sekretär, dem Ausrufezeichen, am Türgriff des Vinci'schen Domizils, und so unterließ es Bren, die Störung zu vollziehen, da er nach den vielen Verhören auch viel zu erschöpft war, um sich in ein neues Gespräch zu begeben. Er wollte bereit sein, morgen zu spielen, morgen zu gewinnen, falls er doch noch ein Spiel zu bekommen vermochte, nachdem er das heutige verpaßt zu haben geruhte- er schaute auf die Uhren und fand *morgen* bereits jetzt vor, und es war lange schon anwesend in diesen Gefilden. Bren befand sich schon wieder im Halbschlaf, aber zu einem ganzen Schlaf reichte es nie bei dem dämmerschwangeren Tennisspieler, denn gerade in dem Moment, in dem der Fährmann der Müdigkeit ihn fast bis ans andere Ufer gebracht, wo das Traumland zu warten geruhte, trampelte in Reminiszenz an die Zeiten von Hannibals Elephanten eine wohltrainierte Herde an Hotelgästen eine Treppe herab und auf den Flur vor dem Zimmer, und Brens Gedanke war nur: sicherlich vernahm sein Trainer gar nichts davon, denn jemand, der wußte, wohin Funken flogen, der ließ sich nicht stören, nein, der wurde auch gar nicht gestört. Bren wälzte sich hin und her, ehe der Morgen wie eine Walze kam, um ihn niederzuwalzen- er ließ sich wecken, da er spätestens jetzt nachfragen mußte, ob der Trainer etwas erreicht und wie der nächste Tag aussehen würde, der neue, der etwas trübe begann, aber bestimmt nur ein Zimmer weiter in Glanz getaucht war und Sonnenschein. Bren vergewisserte sich. Die Hotelangestellte verabschiedete sich gerade, aber das war ein anderer Abschied als ihn Bren gestern erlebt, als er sich von dem Traum einer gemeinsamen Zukunft mit der jungen Spielerin, die ihn verklagt zu haben pflegte, hatte verabschieden müssen, und das hier war ein netter Abschied, und beide Seiten wirkten glücklich wie ein hüpfender Funke des Lagerfeuers.

„Tut mir leid, aber man hat dich von dem Turnier ausgeschlossen, weil du... weil ich... Es tut mir jedenfalls leid..." erleichterte Victor Vinci sein Gewissen, das sich ohnehin schon federleichter angefühlt als das jedes anderen Menschen, ob jener etwas auf dem Kerbholz hatte oder den ersten Stein geworfen.

„Das können die doch nicht tun!" schimpfte Bren wütend, und er hatte auf dem Platz beweisen wollen, daß er die Nummer eins war, die Nummer eins zu sein hatte, und jetzt hatte er ohne eigene Schuld alle Chancen darauf verloren.

„Das tut mir, wie gesagt, sehr leid. Ich habe noch extra mit einer der jungen Damen aus dem Duschraum... und dann habe ich auch noch mit dem Turnierdirektor getrunken, aber das hat auch nichts geholfen. Du hast dort zunächst einmal Hausverbot im Tennisclub, aber das wird sich mit der Zeit sicher gelegt haben. Ich habe in jungen Tagen auch viel angestellt, und mir war auch nie jemand nachtragend gewesen." erläuterte der Trainer.

„Auch? Wieso auch? Ich habe nie etwas angestellt!" fauchte Bren ganz außer sich vor Ärger.

„Ich meine ja nur so... Wir können dann als nächstes das Turnier von San Cristobal del Mar planen, das nächsten Montag beginnt, und wir können schon früher anreisen, und du kannst dich dort akklimatisieren..." versuchte es Victor Vinci sehr positiv zu sehen.

„Ich muß mich noch einmal auf der Quappelranch in Farmford blicken lassen, wo noch ein abschließendes Urteil gesprochen wird. Es liegt immerhin eine Klage vor von dieser einen... und das Geständnis, das noch nicht entkräftigt ist, das ich unterschrieben habe, weil ich ein Autogramm hätte geben sollen. Das erste in meinem Leben, obwohl ich so viele Juniorenturniere gewonnen habe..." teilte Bren auf beklagende Weise mit.

„Du hast nichts getan, und du weißt das, und dann kann es auch keine Strafe geben... keine über das Hausverbot des Tennisclubs hinaus", stellte Victor Vinci in Aussicht, aber Bren war sich nicht sicher, da der eigene Funke als einziger in einen Tümpel geflogen war- und so konnte ihm so etwas dennoch passieren, auch wenn es niemand anderem passieren würde. Und so saß er weiter in Farmford, obwohl er bei diesem Turnier nicht mehr war, und es war ein sinnloses Sitzen und Warten.

Schon ein großer Erfolg

Die Atmosphäre von Schuld füllte den Verhandlungssaal, der ein halber Gerichtssaal wohl war; die Atmosphäre von Schuld war überall fühlbar, obwohl der heute Beklagte gar nichts getan und keine Schuld zu besitzen vermochte. Nur vor Wut dampfte er, da seine Kollegen spielten, seine Kontrahenten wichtige Punkte sammelten für die alles entscheidende Liste von Welt und Rang.

Victor Vinci wollte alles in die Hand nehmen, und wenn es ihm gelang, dann konnte Bren froh sein darüber; aber irgendwie hatte er Zweifel, ob er am Flug von eines anderen Funken zu profitieren vermochte, und er konnte nur hoffen, nicht in ein Wasserloch zu stürzen, wie es der eigene Funke getan. Nun wurde Bren doch verblüfft, denn sein Trainer nahm die Schuld doch noch auf seine eigene Schulter...

„In Wirklichkeit war ich derjenige, der das getan hat, was man meinem Schützling fälschlicherweise vorwirft!" sagte Victor Vinci geradeheraus, als er vor den Richter getreten.

„Das haben Sie bestimmt nicht getan, und Sie wollen nur Ihren Spieler schützen!" war sich aber der Richter sogleich absolut sicher, und Kommissar Quappel, dessen Schnurrbart auch diesen Saal mit Anwesenheit bekitzeln konnte, stimmte dem Richter unverzüglich auch zu.

„Sie sind so ein netter Mensch, daß Sie so etwas sagen, um ihn zu schützen!" meinte die Klägerin, welche die Unterschrift kürzlich ergattert und welche sich Bren als zukünftige Partnerin vorgestellt und welche nun Victor Vinci mit einem

Küßchen beehrte. Bren starrte ungläubig hin, während er selbst von der jungen Dame eher abfällig und vorwurfsvoll angestarrt wurde.

„Ich habe jedenfalls nichts Falsches getan!“ gab Bren entschlossen bekannt, während er aber mithören mußte, wie die junge Tennisspielerin seinen Trainer besäuselte, daß jener natürlich über jeden Verdacht erhaben sei und die Freundin habe ihr von dem gemeinsamen Liebesspiel berichtet, welch ein aufmerksamer Liebhaber er gewesen sei und welch ein vorbildlicher „Gentleman“. Und der Gentleman versuchte weiterhin, seinen Schützling zu entlasten, und Victor Vinci wurde wirklich von allen gelobt, daß er dies nun versuchte, aber die meisten waren der Meinung- und äußerten diese auch noch- jemand wie Bren sei es nicht wert, sich soviel Mühe zu geben für ihn. Am Ende ging alles glimpflich zu einem Ende, und Bren kam mit einer Geldstrafe davon, auch wenn er diese nicht einsah, weil er doch verzichtet hatte auf das, wozu ihn sein Trainer zu verführen versucht. Irgendwie schlich er doch wie ein Verlierer vom Platz und Victor Vinci wie ein Sieger in dieser Verhandlung, wenn es denn dabei überhaupt welche gab, die wirklich Sieger dann waren. Bren war wütend, war nicht im Loch gelandet, aber im Teich der Ungerechtigkeit, und seine Ehre fühlte sich durchnäßt wie ein geworfenes Handtuch. Ein in den Eimer geworfenes Handtuch. Er roch nicht mehr nach Schuld, aber er roch nach Niederlage. Und mit dieser mußte er Farmford verlassen, ohne ein einziges Spiel bestritten zu haben und ohne

einen Blick riskiert zu haben, überhaupt, auf die Spiele der anderen.
„Ich muß Ihnen gratulieren“, sprach Kommissar Quappel in Richtung von Bren, der erst nicht verstand, „Daß jemand, der so abartig und pervers ist wie Sie, nur mit einer Geldstrafe aus Farmford davonkommt, das ist für Sie schon ein großer Erfolg!“
Bren wußte nicht, inwiefern er dankbar sein sollte für diese Glückwünsche und für das zweifelumwobene Kompliment, das ihm da von dem zuckenden Schnurrbart gemacht. Er wollte gar nichts mehr dazu sagen und in seiner ganz eigenen Wolke aus Schweigen hinfortfliegen, aber nicht wie der Funke, den er einst ausgewählt und mit welchem er sich so schrecklich identifiziert.
Damit war das Kapitel Farmford erledigt. Es gab größere Turniere als dieses, und Bren mußte sich nur bei anderen Turnieren genügend Punkte sammeln, um es sich schon im nächsten Jahr erlauben zu können, einen großen Bogen um Farmford zu machen. Bren schaute sich um, wohin er sich nicht mehr umschauen wollte, weil das Kapitel Farmford doch erledigt war für ihn- aber für seinen Trainer war es doch noch nicht ganz erledigt, und Victor Vinci wollte unbedingt noch mit der Spielerin ausgehen, die gerade Brens Gegnerin vor Gericht gewesen, und so verschob man den Flug nach San Cristobal del Mar noch um einen weiteren Tag.

Ein neues Spielfeld

Ein neues Spielfeld war bereitet. Wenn das Leben auf einem Spielfeld ins Stocken geraten und mit einer Niederlage geplagt war, dann war es das einzige Glück, das man erschauen konnte, wenn ein neues Spielfeld dann bereitet. Und man hatte die Chance, dort alles besser zu machen, dort alles anders zu machen, dort alles in einen Sieg zu verwandeln, und das Leben, die Abfolge von dessen Spielfeldern, konnte eine Reihe der Triumphe dann sein, und das verlassene Spielfeld war dann doch vergessen. Aber was galt es anders zu machen, was galt es besser zu machen? Was konnte Bren für das, was ihm in Farmford widerfahren? Er wollte alles vergessen, nur aber nicht die Lektion des Funkenfluges. Wenn es in San Cristobal del Mar ein Lagerfeuer gab, dann würde er sich den richtigen Funken auswählen, nahm er sich vor, aber San Cristobal del Mar war, unglücklicherweise, nicht die richtige Stadt für Lagerfeuer, und so konnte Bren sich selbst nicht beweisen, daß er die Lektion jetzt begriffen. Er wollte sich stattdessen aufs Training konzentrieren, auf das Spiel auf dem Tennisplatz, und das war zu kurz gekommen im hoffentlich bald vergessenen Farmford. Bren wollte trainieren, Bren wollte unbedingt trainieren- Bren feuerte seinen Trainer an, daß er ihn hart trainierte und richtig vorbereitete auf das nächste Turnier. Victor Vinci liebte es, die Dinge lockerer anzugehen, aber das war nicht störend und keine Beeinträchtigung von Brens Leistung, da der Schützling selbst die nötige Trainingsmoral aufwies, die seine Kollegen erst von den rich-

tigen Trainern richtig und richtig heftig eingetrichtert bekommen mochten. Wieder war man mit dem Flugzeug gereist, und wieder hatte sich das Flugzeug nicht dazu durchringen können, mit Bren an Bord abzustürzen, da Victor Vinci schließlich im selben Flugzeug gesessen. Es war, als wären zwei Funken auf einmal geflogen- einer, der für den Waldbrand bestimmt, einer der für den Tümpel bestimmt, doch gemeinsam blieben sie unspektakulär und landeten sicher auf einer Landebahn. Aber bei anderen Dingen hatte das Schicksal eine Chance gezielt zuzuschlagen- während die Koffer des Victor Vinci heil und zur Zufriedenheit des Besitzers am Flughafen eingetroffen waren, sahen sich die Koffer seines Schützlings nichts Geringeres als verschollen. Bren regte sich darüber sehr auf, denn er lebte schließlich aus seinen Koffern, wo er doch das ganze Jahr sich auf Reisen befand, und er hatte all seine persönlichen Dinge darin und all das, wovon er sich erhoffte, besser zu werden, Unterstützung für gutes Training zu erhalten und in die richtige Verfassung gebracht zu werden, um auf dem Tennisplatz immer zu siegen. Aber all das war fort, obwohl seine Koffer gemeinsam mit denen seines Trainers aufgegeben, und so hatte sich doch irgendwo der gemeinsame Funke gespalten und hatte zwei Wege eingeschlagen, die typisch waren für die Väter der Funken.
„Was soll die Aufregung, Bren, es lohnt sich nicht, sich über irgend etwas aufzuregen... Ich habe die Erfahrung gemacht, daß immer alles in Ordnung kommt, auch ohne Aufre-

gung..." hielt Victor Vinci seinem Schützling vor, aber dieser war davon nicht überzeugt.

„Sie brauchen sich ja nicht aufzuregen, Sie haben ja Ihre Koffer. Aber wie können meine auf dem Flug verschwinden, wenn sie die ganze Zeit neben Ihren Koffern gestanden haben?" gab Bren zu bedenken, in dem es noch immer brodelte, und er fühlte sich im Moment weniger denn je bereit, auf einen Tennisplatz zu gehen, und er würde in diesem Lande nicht seine gewohnte Ernährung haben, würde nicht seine gewohnte Kleidung tragen können, würde nicht seine Motivationsutensilien bei sich haben können, um sich auf die Spiele einzustellen, womit er immer die beste Erfahrung gemacht. Bren brauchte auch die Emotionen, um Spiele zu gewinnen, und er wollte hier nicht einfach aufgeben, nicht einfach nachgeben, wollte um seine Koffer kämpfen, wie er immer um den Sieg kämpfte, wenn man ihn auf den Platz denn ließ und nicht das Gespenst des unglaublichen Unglücks ihn davon abhielt, einen Platz zu betreten. Bren kämpfte, aber die Koffer waren nicht in San Cristobal del Mar, und wenn die Koffer nicht in San Cristobal del Mar waren, dann waren sie in San Cristobal del Mar auch nicht zu erkämpfen, welchen Kampfgeist auch immer der junge Tennisprofi da aufbot. Wieder wie nach einer Niederlage verließ er geknickt und mit gelöschter und völlig ertränkter Hoffnung den Terminal des kleinen Flughafens, und ihn empfing ein Schwall von Hitze, mit dem San Cristobal del Mar seine Besucher willkommen hieß. Und nicht nur ein Schwall von Hitze stand dort, sondern auch ein Taxifahrer mit ausgebreiteten Armen und einem Gesicht, in dem sich die glorreichen Zeiten widerzuspiegeln schienen, zu denen sich die Bevölkerungen Tikals und Calakmuls gegenseitig abgeschlachtet. Der wettergegerbte Krieger mit dem dunklen Teint und der klischeehaftesten Tracht, die sich ein Tourist dieser Gegend würde aufschwatzen lassen können, geleitete das Duo und die geschwundene Kofferarmee zu seinem Gefährt, das aus vier Rädern und einem *Taxi*-Schild bestand.

„Hat diese Karre überhaupt einen Motor?" war Bren noch im Modus ‚*Abfällig reden*' gefangen.

„Brauchen keinen Motor, Señor, in Stadt hinunter geht abwärts!" konnte der Taxifahrer beruhigen.

„Das nenne ich Humor!" jubelte Victor Vinci begeistert, aber Bren wußte nicht, ob es sich um Humor handeln mochte, und er blickte auf einen Salat an Serpentinen, der gewiß einige Fahrkünste erforderte und die Hoffnung auf eine gute Bremse; zwischen dem nur sporadisch geteerten Band der erschlängelnden Hauptstraße war immerhin das üppigste Grün zu erschauen, das man sich vorstellen konnte, und hier gediehen Flora und Fauna und war die Fruchtbarkeit im Schoße ihrer Heimat geborgen.

„Haha!" lachte der Taxifahrer, um noch einmal zu zeigen, daß man in seinem Wesen tatsächlich viel Humor anfand und auch das Verständnis dafür, und plazierte sich am Steuer des klapprigen Geschöpfes, das sich als Taxi ausweisen konnte, wenn das Schild nicht herunterfiel.

„Entschuldigen Sie, was wird da angebaut?“ interessierte sich Bren, der sich zum Fahrer neigte und auf die üppigst grünen Plantagen zu deuten geruhte.
„Ha, das würden Sie gerne wissen, Señor, he?“ raunte der Taxifahrer und fuhr aber los, ohne eine Antwort gespendet zu haben. Bren suchte nach einem Anschnallgurt, und Victor Vinci hatte an seinem Platz einen gefunden, doch gab es auf der Rückbank nur den einen. Typisch, dachte sich Bren, daß er sich diesen Platz ausgewählt, und die Geschichte des Funkenflugs schien sich fortzusetzen. Ruppig fuhr der Wagen an und fuhr der Wagen abwärts. Noch war kein Beweis erbracht, daß eine Bremse existierte, die funktionstüchtig war, und den Gegenbeweis würde man vermutlich erst erhalten haben, wenn man schon auf dem Wege zum Himmel erschwebte- aber Bren versuchte sich Sicherheit einzureden, daß ihm nichts passieren konnte, wenn er mit Victor Vinci in einem Wagen zu sitzen geruhte, und jenem widerfuhr schließlich nichts, aber Victor Vinci hatte einen Gurt und war angeschnallt, und Bren hatte nicht diese Chance. Links und rechts der Serpentinenbahn ergaben sich Schluchten. Manchmal wilde Schluchten mit Wasserfall, manchmal welche, in denen sich Plantagen ein paar Terrassen erkämpft, die mit viel Mühe errichtet. Bren zählte die Kurven, die man schon überstanden, und zählte die Kurven, die man vor sich noch hatte und hoffentlich überlebte. Bananen, glaubte er, wurden da angebaut, weil er diesen Duft, diesen sehr, sehr süßlichen Duft in der Nase vernahm, aber dann dachte er, daß nicht

alles, was süß war, eine Banane sein mochte, und vielleicht war es auch auslaufendes Benzin, das dieses Taxi benetzte und derart erduften ließ. Wenn jetzt ein Funke flog, dann war die Sache gegessen- das Leben, wohlgemerkt, und nicht die Banane. Die Atmosphäre, indes, war beeindruckend, und eine Dichte und Fülle sirrte als ständige Kulisse in der duftenden Luft, daß man gleich den Unterschied zu jedem anderen Ort erkannte, an dem man zuvor je gewesen. Und wie würde es erst in der Stadt sein, in diesem San Cristobal del Mar, und auf den Tennisplätzen? Bren wäre voller Vorfreude darauf gewesen, hätte er alle Utensilien beisammen, durch die er sich stark fühlen könnte, und hätte er nicht die Gedanken an den Verlust im Gehirn, diese schweren Gedanken, die ihm auch im Magen lagen und die ihm Befürchtung erweckten, er könne einige persönliche Dinge nie wiedersehen, die er doch immer von Turnier zu Turnier mitnahm, und das schon seit Jahren, seit er auf die Schiene der ständigen Strapazen geraten, die das unentwegte Reisen, Trainieren und Kämpfen mit sich doch brachte. Diese Sorge hatte er nun ständig in seinem Hinterkopf, und es verlagerte den Schwerpunkt nun, wie es ihm schien, und er hatte Probleme, aufrecht und gerade zu sitzen, ohne Schwindelgefühl zu erleiden, oder das Automobil hatte auch die Probleme, daß es an einem Ende zu schwer war und am andren zu leicht, und es schlingerte schlimm in den schrecklichen Serpentinen. Aber bald waren die Dächer von San Cristobal del Mar aufgetaucht, und da waren tonrote Dächer, und da waren aber auch weiße Dächer, und da waren

Hochhäuser, die schon jetzt mit schwülstigen Ornamenten zu erkennen waren, obwohl sie noch fern. Und das Meer, natürlich, das sah man auch, und die Atmosphäre am Meer, die würde angenehmer sein, und es würde nicht zu heiß sein für ein kraftraubendes Tennisspiel, und es würde nur ein Wind vom Meer her wehen und bisweilen ein Sturm, aber Bren war nun doch entschlossen, sich darauf gut einzustellen und jedes Spiel zu gewinnen.

Die Straßen der Stadt stanken und dufteten. Bren war doch noch erleichtert, im Ort anzukommen, auch wenn er seine Koffer nicht hatte. Bren und sein Trainer stiegen gleich aus, und der Taxifahrer bejubelte die Ankunft am Hotel, dem schwülstigsten aller alten, neuen Bauten im Ortskern, als hätte er selbst nicht gerechnet damit, daß die Serpentinen zu überleben waren. Aber Victor Vinci war es gewohnt, alles zu überleben, und so bezahlte er auch ein üppiges Trinkgeld von den Prämien, die sein Schützling auf den vorletzten und vorvorletzten Turnieren noch eingeheimst.

„Siehst du, wir haben doch großes Glück!" schwärmte Victor Vinci, als er auf das Hotel deutete, aber Bren war schon wieder in einer anderen Welt und ärgerte sich, daß er dem Pagen auch auf Aufforderung keine Koffer aushändigen konnte, die dieser hinbringen konnte, wo dann sein Zimmer war.

Strandlauf und Insektenflug

In der Stadt wimmelte es vor Obst und vor Düften; ein Strand war für die Stadt erschaffen, die sonst gebettet in den

Dschungel der vielen Plantagen, und nahe des Strandes war auch die Tennisanlage, und diese war aufzusuchen.

„Nur Geduld, du wirst schon früh genug spielen können", winkte Victor Vinci durch die Gegend, als er wieder einmal in einem Taxi saß und einen Gurt um seine Brust wußte, während Bren auf Netz und doppelten Boden ebenso verzichten mußte wie ein Straßenrandartist, der sich gerade daran versuchte, Touristen ein bißchen Kleingeld entlocken zu können. Schon war man vorbeigehuscht, und Bren erfuhr nicht mehr, ob es gelungen.

„Wieso wollen Señores in Tennisclub, ist heiß, ist Mittagshitze, ist Zeit für Siesta!" beklagte sich der Fahrer über den Aktivismus seiner Gäste.

„Das habe ich ihm ja auch gesagt", schlug sich Victor Vinci auf die Seite des Taxifahrers- oder vielmehr hatte er im Taxifahrer einen Verbündeten gefunden, wie er immer Verbündete fand, wenn etwas für ihn sehr wichtig.

„Die Spiele nächste Woche werden auch mittags stattfinden, und da muß ich vorbereitet sein und muß ich mich angepaßt haben. Außerdem will und kann ich mich hier nicht auf die faule Haut legen- ich will das Turnier gewinnen!" legte Bren seine Ansicht dar.

„Na, wenn Sie nichts Besseres zu tun haben", stöhnte der Fahrer.

„Prachtvolle Palmen haben Sie hier!" bewunderte indes Victor Vinci.

„Ja, aber wieder nur auf *Ihrer* Straßenseite!“ schimpfte Bren in ungewollt heftigem Ton hinüber, weil aus dem Fenster, an dem er nur zur sitzen vermochte, keine Palme zu sichten war, sondern nur ein ausgedehntes Viertel an Unterklassehäusern, das viel Schmutz kannte und noch mehr an dichtem und drükkendem Staub. Victor Vinci nahm die Gereiztheit seines Schützlings gelassen hin und genoß den Ausblick und genoß die prächtigen Palmen und genoß den Schatten, der ihm zuteil wurde in all der hellen Hölle der Hitze.
Rumpelnd und scheppernd kam man am Tennisclub an...
„Ich hoffe, die haben auch Tennisschläger hier“, kommentierte Bren, dessen Lieblingsschläger indes eine Weltreise machte und die aufregendsten Orte des Planeten besichtigte, falls er nicht aus dem Gepäckraum des Flugzeugs gestürzt, um in einem See zu versinken, wie es Brens Funken für üblich so taten.
„Den Ball nicht vergessen, Señor, man kann nicht Tennis spielen ohne Ball!“ hatte der Taxifahrer eine Weisheit parat, die Bren gerne in sein Tagebuch notiert hätte, wenn es nicht schon mit der Aufgabe betraut worden wäre, den Tennisschläger auf der erwähnten Weltreise zu begleiten.
„Danke für den Hinweis“, knirschte Bren und begab sich dann zu einem Tor, das geschlossen war. Ein paar Termine waren aber vermerkt- heute abend, unter anderem, fanden Qualifikationsspiele statt für das Turnier nächster Woche. Bren war qualifiziert, fühlte sich aber aus der Übung, da er seit Tagen nicht mehr auf einem Platz gestanden, den man als

Tennisplatz hätte bezeichnen können, und Tennis, schließlich, war sein Leben. Bren versuchte die Haare seines Trainers zu raufen- er mußte endlich wieder auf einem Platz stehen und spielen, oder er mußte wenigstens einen Schläger in die Hand bekommen, und sein eigener war, wie gesagt, in den Flitterwochen mit seinem Tagebuch. Er wollte spielen, er mußte spielen, er mußte auch seine Wut abreagieren und einen gelblichen Ball über ein Netz hämmern; er versuchte sich daran, die Wut abzureagieren, indem er an dem Gittertor rüttelte, aber nichts tat sich und seine Wut wurde nicht weniger dadurch.

„Nur keine Sorge, wo ein Wille ist, ist auch ein Zufall", war sich Victor Vinci sicher, und Bren versuchte dies nachzuvollziehen und ertappte den Trainer dabei, wie er nach einem Loch im Zaun suchte, wie es einem eifrigen Nager zuzutrauen war, der an die Futtervorräte zu gelangen gedachte, um sich den geehrten Bauch vollzuschlagen. Bren sah es kommen: Er selbst würde wegen Einbruchs auf das Clubgelände hingerichtet werden, während sein Trainer einen Orden dafür erhalten würde, indem er dann die Leitung des Tennisclubs auf ein Loch im Zaun aufmerksam gemacht haben würde. Aber der Zufall ergab sich doch nicht, und das Gelände würde erst nach der Mittagsruhe geöffnet werden, wie eine Bekanntmachung am Zaun zu erplaudern wußte.

„Was machen wir nur solange?" stöhnte Bren, der sich danach sehnte, endlich wieder auf dem Tennisplatz zu stehen;

ja, er war hungrig danach, und zwar mehr als jeder Nager, der nach Löchern im Zaun zu suchen beliebte.

„Da drüben ist ein Strand, da können wir uns noch ein Weilchen entspannen- Entspannung vor dem Training ist auch wichtig“, referierte der Trainer und hatte sogleich eine Strandmatte gefunden, die andere Strandgäste vergessen haben würden. Bren stellte sich die Frage, was suchte er hier am Strand, und der Strand stellte sich die Frage, was Bren hier suchte- er hatte doch trainieren wollen, und jetzt hatte er keinen Schläger in der Hand, keinen Ball in Sicht und nur Sand in den Schuhen, und er konnte nur die Wellen bei ihrem monotonen Spektakel betrachten, wie sie frech an den Strand sich heranschoben und im letzten Moment doch einen Rückzieher machten, um sich von ihren Nachfolgern begraben zu lassen in der immergleichen Zeremonie. Victor Vinci, indes, hatte sich hingelegt und strahlte aus, daß er glücklich war- er hatte aber auch kein Turnier zu spielen und lag deshalb nicht auf den glühenden Kohlen, die Bren verspürte, weil er doch bestens vorbereitet sein mußte und ein Spiel eine Qual sein konnte, wenn er nicht gut trainiert war. Er nahm einen Strandlauf in Angriff, um wenigstens etwas für seine Kondition tun zu können, und bot seinem Trainer an, ihn dabei zu begleiten; der Trainer, indes, äußerte sein größtes Vertrauen in seinen Schützling und ließ ihn alleine laufen. Da trennten sich nun also wieder die Wege der beiden Funken, und Bren befürchtete, daß ihm irgend etwas begegnen würde, wovon Victor Vinci ganz gewiß verschont geblieben wäre. Er hielt

Ausschau nach Strandhunden und hielt Ausschau nach Monsterwellen und hielt Ausschau nach hübschen einheimischen Frauen, die sich gewiß auf den ersten Blick in seinen Trainer verliebt hätten, aber das Bedürfnis verspüren würden, Bren auf der Stelle gleich zu verklagen- wegen irgend etwas, was er niemals je tat. Er kam an einigen Touristen vorüber, die eine sonnenbrandrote Matte auf dem Sandbett ergaben, doch waren noch keine Tennisfans angereist, und er sah sich von keinem erkannt, während er da joggte und das vollführte, was als Trockenübung zu bezeichnen war ohne Schläger und ohne Ball, auch wenn er nicht trocken blieb und die erwartete Monsterwelle doch in einem Moment völlig überraschend herangeprescht gekommen- davon ließ sich Bren aber nicht aufhalten, und die kühlere Nässe war keineswegs unerwünscht bei der brütenden Hitze. Die Touristen in der Umgebung bewegten sich nicht, als brüteten sie selbst, aber die Chance auf baldig erschlüpfenden Nachwuchs erschien als gering. Bren hielt es für besser, weiterhin sein Konditionstrainingsprogramm in der Mittagshitze zu absolvieren, womit er sich an die hiesigen Bedingungen anzupassen vermochte, als zu riskieren, noch einmal vor einem geschlossenen Tor und einem Zaun ohne Schlupfloch zu stehen. Er vergewisserte sich, wo das Meer war und wo Land war, und so hatte er auch keine Orientierungsprobleme, erhoffte er sich. Der Strand, aber, endete; Bren fand sich mitten in einem Dickicht aus Plantagen wieder. Die Finger seiner Nase konnten rasch im Wörterbuch des Daseins blättern und würden aber auf keiner einzigen Seite einen Begriff finden können, der die Intensität dieses Duftes zu beschreiben vermochte, der hier das bassindumpfende, früchteflairflirrende, süßlich aromisierte, blätterschießende, saftträufelnde Etwas erfüllte, in dem sich Bren wie gefangen nun fühlte, sosehr umstürzten ihn die mit goldener Pracht überladenen Stauden. Und sirrend durchpflügten die wildesten Insekten jeden Kubikmillimeter Luft, der schon dichter als dicht zu sein pflegte allein von den Düften, die sich mit ihrer Vielfalt überlagerten und eine Duftwand erschufen, die kaum zu durchbrechen sein mochte von welchem Nashorn auch immer. Au! Da hatte ihn eines gestochen- ein Insekt, wohlgemerkt, und nicht etwa ein Nashorn. Brens Blicke schlüpften einen Fluchtweg entlang, um der Plantage doch zu entkommen, denn hier war kein Dauerlauf möglich und fand sich nicht der Ort für eine Übung, da man die Schlaghand, ob mit Schläger oder nicht nun versehen, nicht ausstrecken konnte, ohne mit einer Staude ins Gehege zu kommen, die mehr Revier beanspruchen wollte als ein ausgewachsenes Raubtier. Bren taumelte zurück an den Strand, nachdem er mit einem reaktionsschnellen Schlag eines der Insekten an seinem Hals noch erwischt. Die Wellen rollten heran wie immer, die Wellen rollten heran wie noch vorhin und führten ihr ständiges Spiel fort, sich gegenseitig zu ersetzen und stets zu ersetzen, und irgendwann wurden es mehr Wellen wie nachwachsende Köpfe einer Hydra, und Bren mulmigte es in seinen Gedanken, daß nicht nur ein Funkenflug manchmal entscheidend war, sondern bisweilen ein Insektenflug ebenso. Er lief eine Handvoll Schritte (einen Fußvoll wäre sinnvoller, aber es kam ihm fast eher vor, als seien es die Hände, auf denen er lief) und ging dann zu Boden wie ein getroffener Boxer in der dreizehnten Runde und schnappte nach Luft wie ein kiemenblähender Fisch an Land. Immerhin waren zwei Menschen schnell zur Stelle, von denen sich einer als Einheimischer und einer als Tourist entpuppte, und beide ergossen sich in einen Schwall von Mißverständnissen, weil ihre Kommunikation auf einem Fußvoll Gesten mit den Händen beruhte.

Keinen Sport!

Noch eine Weile hatten Bren die verwirrten, beunruhigten Gesten wie ein Gespenst im Traume verfolgt, doch irgendwann wurde ein schwarzer Vorhang in seinem Geiste aufgezogen, und im Nebulösen eines verschwommenen Halbtraums wuselten weiße Ameisen mit dunklem Teint herum, und dreieinhalb Momente später hatte sich die Ameisenkönigin als ein Arzt entpuppt, aus dessen Thorax neue Krankenschwestern schlüpften, um als Soldatinnen durch den Haufen zu wuseln- als er achtzig Prozent seines Bewußtseins wiedererlangt hatte, da wußte Bren, daß es ihn in ein Krankenhaus verschlagen.

„Señor [Er hätte wetten können, daß er mit diesem Wort, mit dieser Anrede begrüßt werden würde!], Sie sind gestochen worden von seltenem Insekt. War giftig, aber Sie sind wieder bei Bewußtsein, das ist gut. Sie sollten nur die nächsten Tage in Ruhe verbringen, sich nicht bewegen, keinen Sport!" riet der Arzt und brachte Bren schnell dazu, sich zu wünschen, er wäre lieber von einer Ameisenkönigin verspeist worden, denn der Sport war sein Leben, und er wollte und mußte wieder auf den Platz, mußte Tennis spielen, Tennis kämpfen, Siege erringen, und er mußte trainieren, endlich einmal richtig trainieren, bevor das Turnier hier begann. Er wollte aufstehen, wollte los, aber neue Vorhänge wehten ihm wie weiße Fahnen vor die Augen, und draußen blitzten nur die Krankenwägen unter dem azurblauen Monument des Himmels und winkten ihm die Palmen wedelnd zu, die ihre charakteristischste Form darboten, um sich in ein gleißendes Rondell aus brennendem Asphalt zu schmiegen. Bren wollte sich stark fühlen wie die majestätischste Palme, aber im Moment tat er es nicht, sosehr er sich auch bemühte; irgendein Insekt hatte sich ihn auserkoren, um an ihm ein Exempel zu statuieren, daß es in der Lage war, eine Tenniskarriere zu sabotieren. In dem Ohr, in dessen Nähe das Insekt eingestochen hatte, vernahm er ein Rauschen, und in das Rauschen floß immer wieder die Wendung „Keinen Sport!" ein, mit welcher der Arzt ihn akzentschwanger gepeinigt. Bren kroch noch einmal dem Arzt hinterher, erst in der Absicht, ihn noch etwas zu fragen, später, als er die erste Absicht vergessen, um seinen Schnurrbart zu begutachten, den er an anderer Stelle schon einmal als Quappelbart wahrgenommen zu haben glaubte- das wie ein Funke fliegende Schicksal schien immer wieder gleichförmige Protagonisten aufbieten zu wollen oder aufbieten zu müssen, um einen Bestimmungsort zu erreichen oder dessen Unerreichbarkeit zu bestimmen. Erreichbar schien alles nur für Victor Vinci, dachte sich Bren, und er erkundigte sich ringsum, ob der Trainer schon am Krankenhaus eingetroffen war, aber vermutlich hatte er es überhaupt nicht erfahren, daß sein Schützling nun hier gelandet. Das war typisch- denn nichts durfte die Orgie des Sonnens unterbrechen, die Victor Vinci ergattern konnte, wenn er einen solchen Strand hier gefunden, und vom Trainer waren alle Sorgen immer ferngehalten, und Bren mußte sich alleine herumschlagen mit bestialischen Insekten und einem Krankenraum mit vielen Patienten, in dem er geschwächt nun gelandet. Aber der Gedanke an das Insekt war hintergründig wie die obligatorische Bergsilhouette am Horizont, und die Palmen in der krankenwagensirenenumheulten Einfahrt waren kulissenhaft wie das in die Ferne gerückte Meer, das irgendwo mit seinem ureigensten Horizont nur verschmolz, und in erster Linie galt die Sorge dem Tennisspiel, und Bren wähnte sich zu lange ohne Training und wähnte sich zu lange ohne ein einziges Match. Er äußerte, daß er das Krankenhaus jetzt verlassen wollte. Er äußerte lauter, daß er das Krankenhaus jetzt verlassen wollte. Er äußerte sehr laut, daß er das Krankenhaus jetzt verlassen wollte. Der Arzt riet ihm davon ab. Er brauche Ruhe, viel Ruhe, absolute Ruhe- als ob die hier gefunden werden könnte, bei dem Wuseln an weißkitteligen Ameisen, die ihr brennendes Gift in Form von wiederholungsträchtigen Ratschlägen verschossen. Ruhe, viel Ruhe, absolute Ruhe. Am besten liegenbleiben für eine Weile. Ruhe, liegende Ruhe... In der Ruhe liegt die- aber Bren glaubte nicht daran und mußte und wollte trainieren, um zu Turnierbeginn genügend Kraft zu besitzen. Sein Training begann schon jetzt, als er von der Liege zu krabbeln versuchte, auf die er leichengleich gebettet, und sein Selbstbewußtsein als harter Sportler plagte indes die Tatsache, daß er nicht etwa von einem willkommenen Tennisball gegen den Schläfenlappen und einer damit verbundenen Gehirnerschütterung oder einem wunderbaren, klassischen und wunderbar klassischen Umknicken mit dem Knöchel, während er heldenhaft einen überraschenden Stoppball zu ersprinten versuchte, in das Krankenlager katapultiert worden war, sondern von einem simplen, lächerlichen Insektenstich, der ihm nicht würdig schien, um einen Tennisspieler außer Gefecht zu setzen- immerhin konnte er sich mit der Tatsache anfreunden und daran wieder aufrichten, daß es sich immerhin um ein sehr exotisches Insekt gehandelt zu haben pflegte und nicht etwa nur um eine gemeine Stechmücke oder eine handelsübliche Hauswespe aus seiner eigenen Heimat. Aber: Wäre er wenigstens über das altehrwürdige Netz, das oft über die Karriere von Tennisspielern zu entscheiden geruhte, gefallen, so glaubte er, er hätte sich mit mehr Selbstbewußtsein aufrappeln können, aufzustehen vermocht und wäre erhobeneren Hauptes zum Tennisgelände zurückmarschiert. Er fragte sich noch einmal, ob sein Trainer informiert war inzwischen, und er fragte dies die majestätisch erwehenden Rondellpalmen vor dem Lazarett für Insektenopfer. Aus irgendeinem Grund glaubte er, die Palmen in der Mitte des Rondells hätten als Orakel ein Nein ausgesprochen, und so beschäftigte sich Bren mit der nächsten brennenden Frage, wie er nun zurückkam von hier bis zum Tennisgelände (unglücklicherweise war er auf der Herfahrt bewußtlos gewesen und hatte er nicht die Möglichkeit gehabt, einen roten Faden hinter sich herzuziehen- und nicht einmal Brotkrümel hatte er verstreut, über die sich die vielfältige Fauna der Lüfte von San Cristobal del Mar inzwischen hätte zu freuen und zu jubeln vermocht). Er würde sich erst orientieren müssen wie der letzte Überlebende eines Flugzeugabsturzes im undurchdringlichen Dschungel. Es roch danach, fiel ihm auf, nachdem er einen Schritt nach draußen gewagt. Es roch nach Dschungel in dieser Umgebung. Und es roch nach dem Flugzeugabsturz, den er eben für einen Vergleich hergezogen, und hier konnte er nicht davon ausgehen, daß er verschont bleiben würde, da er nicht mit seinem Trainer gemeinsam unterwegs, und jederzeit konnte ihm ein Flugzeug auf den Kopf fallen- und das war so wahrscheinlich, wie es wahrscheinlich war, daß von unendlich vielen Funken gerade der auserwählte Funke als einzigster stürzen würde in einen Bottich aus Naß. Bren bestellte sich ein Taxi und wies dieses an, zum Tennisclub rasch zu fahren.

Unnütze Odyssee

Victor Vinci war in einer glitschigen Masse aus Sonnenmilch wie versunken, seit er das Angebot zweier Models, die sich am Strand für ihren nächsten Phototermin zu bräunen gedachten, angenommen zu haben geruhte, und über eine Stunde war er schon damit beschäftigt, den exotischen jungen Damen Sonnenschutzöle in die glatthäutigen Rundungen einzumassieren. Als er diese erfreuliche Arbeit vollendet, hatte er noch viel Sonnenmilch für sich selbst übrig, doch orientierte er sich in Richtung der Tennisanlage, die gerade geöffnet für Qualifikationsrundenspiele, die nachmittags stattzufinden beliebten, und er traf unverhofft seinen Schützling an, der mit einem Taxi ankam, und er hätte ihn beinahe für einen Doppelgänger gehalten, weil Bren höchstselbst schon vor Stunden am selben Ort mit einem Taxi eingetroffen, wie er noch wußte. Etwas taumelte Bren, und er war unsicher auf seinen sportlichen Beinen. Victor Vinci erkannte dies gleich mit scharfsinnigen Augen; wohin des Weges, Schützling, fragten diese den taumelnden Tiger an den Gitterstäben der vorhin schlupflochlosen Umzäunung.

„Haben Sie etwas mitbekommen?“ fragte er halbbenommen zurück, wie jemand fragte, der kürzlich von einer Plantagenmücke gestochen und in ein Krankenhaus abtransportiert worden war in bewußtlosem Zustand, nachdem er mit einem Taxi zum Ausgangspunkt seines Lauftrainings zurückgekehrt war, und Victor Vinci bemühte sich, all das in seiner Frage zu lesen, aber er hatte ja nichts mitbekommen, rein gar nichts.

„Ich war sehr beschäftigt", umriß der Trainer die Situation, wobei ihm die Beschäftigung noch von den milchigen Händen ertriefte. Bren war aber nicht ein quappelbärtiger Detektiv und noch immer von Schwaden aus Gift wie benebelt, und so konnte Victor Vinci sich glücklich schätzen, nicht überführt worden zu sein, so prahlenswert manchem Zuhörer auch die Geschichte erschienen wäre, die sich ihm grade geboten.

„Ich war im Krankenhaus, weil mich ein sehr, sehr seltenes Insekt gestochen hat... Wahrscheinlich das einzige seiner Art, und ausgerechnet mich sticht es. Es geht aber schon wieder, ich soll nur das Training vorerst ein bißchen ruhiger angehen..." formte Bren die Worte des behandelt habenden Arztes ein klein wenig um.

„Um Himmels willen, welches Insekt?" stellte sich Victor Vinci aber seine Miene zu einer sorgenvollen um und eine besorgte Frage.

„Ich habe es nicht nach dem Namen gefragt- ich muß jetzt spielen!" forderte Bren.

„Junge, du bist noch ganz wacklig auf deinen Beinen, mit seltenen Insekten sollte man nicht spaßen", hatte der Funkenflugexperte nun noch einen besorgten Ratschlag parat.

„Ich hatte auch nicht vor, mit dem Insekt zu spaßen- aber ich muß endlich wieder auf dem Tennisplatz stehen, und ich muß unbedingt endlich mal einen Tennisschläger in die Hand nehmen können, das letzte Training ist schon zu lange her und erst das letzte Spiel!" beklagte sich einer, dem die Gottesanbeterinnen nicht ohne harte Arbeit in seinen Salat segeln würden. Bren knallte nach einem Zusammenstoß mit der Schwerkraft und einer Uneinigkeit in seinem Gleichgewichtssinn gegen die vergitterte Türe zum tennisplatzüberschwemmten Areal, und die Türe öffnete sich gar, schien zwischen den Zeilen ihres Quietschens und Quiekens aber empfehlen zu wollen, daß Bren lieber noch keine Einheit an Training nun absolvieren sollte... Victor Vinci beschaute den Zustand seines Schützlings mit Bedauern und schloß sich der Empfehlung der Zauntüre an. Bren wollte trainieren und fühlte doch eine gewisse Schwäche und war wütend auf sich, daß er sich nicht näher informiert über die seltene Mücke, die seltenste Fliege, die ihn da mit Gift so getränkt, daß er nicht mehr Herr aller Muskeln zu sein schien, und es wirkte so, als sei noch nicht alles Gift verschwunden, das ihm in der süßumdufteten Umgebung von dem Insekt injiziert. Man hörte das dumpfe Knallen geschlagener Bälle, und Spiele waren im Gange auf diesem Areal; er selbst brauchte sich nicht zu qualifizieren für dieses Turnier, aber Training brauchte er, Training und Training.

„Du solltest heute nicht trainieren, ich bringe dich zurück ins Hotel!" teilte ihm jedoch sein Trainer ganz trainingsfeindlich mit. Bren sah es zerknirscht ein, und er mußte einen Weg finden, trotz des seltenen Insektes zum Turnierbeginn in der besten Verfassung zu sein. Victor Vinci bat ihn, sich hinzusetzen, erst einmal, und ging zurück zu den eingeölten, milchigen Models, von denen er sich verabschiedete, ehe er seinen Schützling mitnahm, um ihn in ein neues Taxi zu setzen, das dann den Weg zum Hotel zurückfand. Schon wieder strichen dieselben verkommenen Fassaden derselben armseligen Häuser und dieselben Alleepalmen, die den Blick auf dieselben verkommenen Fassaden derselben armseligen Häuser mehr erduldeten als genossen, an Autofenstern eines Taxis vorüber. Welch eine unnütze Odyssee! dachte sich vor allem der junge Odysseus, der seit zu vielen Tagen keinen Schläger mehr in der Hand gehabt, und all das Hin und Her, das Bezahlen eines Taxifahrers nach dem nächsten und die Abstecher ins Krankenhaus und ins Plantagenland- all das hatte er auf sich genommen, ohne mit seiner Fußspitze auch nur einen Hauch Tennisplatz berührt zu haben. Einzig nahm er mit, daß er das Schlagen des Balles im Hintergrund gehört und daß er Kondition trainiert hatte, die er aber längst schon wieder verloren, weil ihn das kleine Insekt so groß und gigantisch geschwächt.

Leider-Señor-Sätze

Bren hatte diesem Tag- im wahrsten Sinne des nicht weniger wahren Wortes- wahrlich entgegengefiebert: Endlich konnte er wieder auf den Tennisplatz, endlich konnte er wieder ein Spiel bestreiten- und es würde endlich um Weltranglistenpunkte gehen, die Bren zu sammeln pflegte wie ein Eichhörnchen seine Vorräte für den Winter. San Cristobal del Mar war Sonne und war Hitze an diesem Tag; Bren wollte sich davon nicht stören lassen, aber der Tag bot zwei andere

Dinge auf, von denen er sich doch etwas stören ließ: Erstens hatte die Auslosung genau den einen Gegner ergeben, mit dem er immer am allerwenigsten gut zurechtkam, und zweitens kam aus dem Wasserhahn und kam aus der Dusche kein Wasser, und nach dieser Erfrischung vor dem ersten Turniertag hatte er sich doch sehr gesehnt. Er schimpfte und erwartete, daß die Dusche darauf reagierte und daß der Wasserhahn nachgab und ausspucken würde, wonach er gefragt. Aber Bren hatte damit keinen Erfolg, und er begab sich ausgetrocknet in die Halle des Hotels, wo er sich noch einmal stärken wollte, stärken mußte, bevor es zum Tennisgelände dann ging. Bren war entschlossen, und der Staub der Entschlossenheit lag ihm auf der Zunge und brannte ihm auf den salzigen Lippen, die noch zusammengeklebt. Er wollte etwas zum Befeuchten-

„Wasser!" gab er der mehrsprachigen Bedienung als Befehl.

„Leider, Señor, wir haben kein Wasser. Leitungswasser ist kaputt, weil Plantagen zuviel gegossen von Farmern in unserem Land, und Wasser in Flaschen dann ist immer schnell ausverkauft, und Ihr Trainer hat die letzte soeben ausgetrunken!" deutete die Bedienung mit fatalem Fingerzeig auf das Plastikgebilde in den Pfoten des Trainers, woraus der letzte Tropfen soeben gesogen, um ein leeres Grab der Trokkenheit zurückzulassen an dem einst so bewässerten Ort.

„Ah!" grauste es dem ausgetrockneten Bren, der alles hatte hören wollen mit Ausnahme eines Leider-Señor-Satzes. Victor Vinci beschwichtigte und war selbst schließlich gar nicht mehr durstig, auch wenn seine Haare anzeigen wollten, daß er ebenso dem wassertötenden Geist der Dusche zum Opfer gefallen- doch machte ihm dies weniger aus, da sein Inneres zu ersprudeln vermochte von dem Getrunkenen. Victor Vinci begrüßte seinen Schützling mit einem feuchten Strahlen; der wie verdurstete Schützling konnte den Gruß nicht erwidern. Bren glaubte sich zu erinnern, die erste Regel im Tennis hieß: *Niemals dehydriert in ein Spiel gehen!...* Aber er mußte es, hatte er keinen Wasserhahn zur Verfügung, der Wasser zu spenden bereit, und bekam er nirgends eine Flasche mit kostbarem Naß, um nicht nur seine Lippen und seine Zunge zu benetzen, sondern auch alles sonst zu versorgen, was Flüssigkeit brauchte, um Tennis zu spielen. Er fragte noch nach anderen Getränken und erhielt in der Folge mehr Leider-Señor-Sätze zu hören, als im gesamten Vierteljahrhundert zuvor in diesem Hotel ausgesprochen worden zu sein geruhten. Ganz San Cristobal del Mar schlummerte hilflos auf dem Trockendock. Bren begutachtete alle Uhren, und die Zeiger wisperten mit einer klackenden Stimme, die Zeiger beim Fortschreiten so innehatten, daß Bren zuviel Zeit vergeudet hatte, sich Leider-Señor-Sätze anzuhören, und so mußte er sich beeilen, die Fahrt zu den Plätzen in Angriff zu nehmen, auch wenn Victor Vinci noch beschwichtigte, es wäre genügend Zeit noch vorhanden, und er bestellte ganz gemütlich ein Taxi. Diesmal mußte alles klappen, diesmal mußte es funktionieren, und Bren wollte endlich die Erinnerung an Farmford vergessen, wollte sie auslöschen und durch den Erfolg dann ersetzen, den er hier zu erringen gedachte- aber wie denkbar schlecht, schlecht wie nur irgendwie denkbar, war die Position nun zu Beginn, da er geschwächt war vom Insekteneinstich, geschwächt durch die Dehydrierung, geschwächt durch das Fehlen des Trainings, gepeinigt durch die Auslosung, die ihm gerade den einen Angstgegner so beschert in der ersten der Runden.

Pralle Hitze begrüßte den Bren wie eine Horde an Sonnenfunken, als er die brennende Straße betrat.

„Das ist aber ein heißer Tag, um Tennis zu spielen, *Señor*!" stöhnte der Taxifahrer, und Bren verstand das Wort *Señor* tatsächlich kursiv, so wie es wieder einmal aus dem Munde eines Einheimischen so gequollen, und Bren stimmte ihm zu. Ach ja: und geschwächt durch die Tatsache, daß er hier nicht auf seinen Lieblingstennisschläger zurückgreifen konnte, aber sein Trainer hatte ihm ein Ersatzmodell beschafft, das er immerhin schon einmal in die Hand nehmen konnte, und das war der erste Schläger seit einer ganzen Woche, an dem sich seine Handballen dabei erfreuten. Leider, Señor, Taxi hat keine Klimaanlage. Ein Leider-Señor-Satz. Wie schade, daß Bren nicht mehr mitgezählt hatte- das Guinness Buch der Rekorde hätte gewinkt.

Ankunft. Leider, Señor, Taxi ist sehr teuer. Aber das war kein schlimmer Leider-Señor-Satz, denn Bren gedachte das Turnier zu gewinnen und Prämien zu kassieren, die durchaus nicht gering zu sein pflegten. Die Plantagen, unweit, dampften, und dort verdunstete Wasser in großem Stil; Bren hoffte auf Wasser im Areal der Tennisplätze, wo auch Zuschauer zu bewirten waren und viele Spieler sich tummelten- dort aber war wieder der Platz für einen Leider-Señor-Satz, und es sah alles danach aus, als müsse Bren sich ganz und gar durstig und ganz und gar vertrocknet und ganz und gar dehydriert auf das Spielfeld begeben.

Ein Spiel für Kamele

Der Leser, wie aufmerksam er auch bisher gelesen hat, würde Bren noch nicht erlebt haben, wie er in einem richtigen Turnierspiel agierte; der Leser, wenn er bisher aufmerksam gelesen hat, würde aber auch wissen, daß er Bren an diesem Punkt nicht in Bestform erlebte.

„Wasser!" lechzte jede Zelle seines Körpers, während er sich einspielte gegen einen gewissen Monsun, der aber nicht Regen oder Wasser mit sich brachte, sondern nur seltsame Schläge, mit denen er sich noch niemals zurechtgefunden. Es schien alles wie verhext, und in diesem Hexenwald, den das Netz durchspannte, wirkten selbst die Schläge beim Einspielen wie unergründliche Kunststücke, die eine verwirrende magische Kraft an sich hatten, die ein Tennismatch im Realen unmöglich haben konnte, wie er gemeint haben wollte. Es wirkte alles so fremd und wie in einer Traumwelt, aber die Müdigkeit rührte nur her von der vielzitierten Dehydrierung und vielleicht noch von dem Stich des Insektes. Bren wollte alle Kraft zusammennehmen, wollte so spielen, als hätte er sich waschen können vor dem Duell, wollte so spielen, als hätte ihn das eiskalte Naß längst geweckt und erfrischt, wollte so spielen, als sei er doch munter und noch nicht verdurstet. Bren mußte sich etwas vorspielen und mußte vor allem dem Gegner dies vorspielen, daß jener nicht spielte, als habe er einen Spielball als Gegner. Bren atmete tief ein, als es beginnen sollte. Es war, als habe er Schwefeldämpfe eingeatmet. Dummerweise durfte der Monsun die Entscheidung nun treffen, wer mit dem Aufschlag begann, und jener überließ Bren diese Bürde. Bren fühlte sich gar nicht bereit. Schon seit einer Woche hatte er keinen Aufschlag vollführt, und beim Einspielen hatte er Probleme bemerkt, die er sonst niemals hätte, wenn er im Training gewesen. Ein Doppelfehler. Aber dabei bräuchte er nur Wasser, sagte er sich, dachte er sich, Wasser, Wasser, Wasser, erfrischendes Naß. Der Gegner hatte bestimmt irgend etwas getrunken oder war ein Kamel, das das Wasser in Höckern speicherte. Bren kam mit den Schlägen nicht zurecht, den Bällen, die zurückkamen, und da konnte der Feind auf der anderen Seite des Netzes noch so weit hinter ihm stehen in der Weltrangliste dieses so durstigen Sportes. In der durstigen Weltrangliste. Bren konnte in Gedanken an gar nichts denken, ohne die Bezeichnung *durstig* davor nun zu setzen. Er war so ausgetrocknet. Es blies kein Wind, obwohl man am Meer war. Die Sonne brannte, das Sonnenlicht brodelte, der orangene Schwamm kam vom Himmel herab, um noch das letzte Tröpfchen an Flüssigkeit aufzusaugen, das Bren noch in sich besaß. Bren lag zurück, mußte bei der Hitze einem Rückstand hinterherlaufen. Victor

Vinci beschaute das Ganze besorgt. Bren konnte sich aber vorstellen, was der Trainer dazu sagen würde- immerhin hatte Bren nun Training während des Spiels und konnte doch immer mehr hineinfinden, und wenn es dann über drei Sätze ging. Bren ertappte sich dabei, wie er dachte, hoffentlich war das bald vorbei. Er vernahm das Rauschen des Meeres, während der Ball an ihm vorüberrauschte. Aber gleich schmeckte er noch mehr Salz auf den Lippen, und das Wasser mußte aus anderen Quellen gelangen. Victor Vinci bemühte sich indes in der Anlage der Tennisplätze, ob er Wasser zu organisieren vermochte, aber wenn es um Bren dabei ging, dann erhielt auch der Trainer die Leider-Señor-Sätze nun zu vernehmen. Bren spielte weiter, hatte immerhin einmal einen Punkt nun ergattert, aber die Probleme blieben, und die Schritte waren schwer, und alles war Müdigkeit, war Durst, war Verdursten, war ein tonnenschweres Gewicht an bettlägerigem Flair, das er seit dem Insektenstich bei jedem Schritt mit sich schleifte. Die wenigen Zuschauer, die den Weg in der Hitze zu dem Tennisturnier der nicht gerade allerersten Kategorie jetzt gefunden, sollten aber auch etwas geboten bekommen, und Bren wollte nicht nur als ehemals hoffnungsvollster Jugendspieler geführt werden, sondern auch beweisen, daß er etwas konnte und zu großen Erfolgen fähig nun war. Er zeigte kämpferischen Einsatz, so schwerfällig und unbeholfen er auch aussah in seinem schrecklichen Zustand. Aber er wollte sich nicht einreden lassen, er könne nun nicht mehr spielen, und er wollte sich nicht einreden lassen, daß seine Kondition unter der Ruhe so sehr gelitten. Er kämpfte und ließ sich an Punkten nicht abhängen, so problematisch der Gegner auch war. Bren schlug zwei Asse in Folge und hatte mit einemmal wieder alles Selbstbewußtsein der Welt; er glaubte daran, das Spiel zu gewinnen. Dann meldete sich aber wieder der Durst, die übergroße Vertrocknung. Und er sah Luftspiegelungen, sah eine Fata morgana, sah die Oase mit den Kamelen, auch wenn diese überhaupt nicht in diese Gegend hier paßten. Papageien, immerhin, das war schon besser. Da kam eine Zitrone geflogen. Er mußte aufpassen, lag schon wieder zurück, weil er den Tennisball nicht mehr zu unterscheiden vermochte von den Zitronen aus den Trugbildern seines geplagten, so unbewässerten Geistes. Victor Vinci war aber in der Zwischenzeit nicht untätig und versuchte mit aller Macht, etwas Wasser zu organisieren. Wasser für seinen Schützling, Wasser für den kämpfenden Bren, der sich auf verlorenem Posten bald wieder fühlte, obwohl ihm zwischenzeitlich ein paar gute Schläge gelungen. Aber der erste Satz ging mit vier zu sechs dann verloren, und Bren mußte sich in der Pause stärken. Aha- der Monsun hatte Wasser dabei, hatte seinen Koffer wohl nicht verloren und deshalb Wasser aus anderen Ländern gerettet in dieses San Cristobal del Mar, wo die zweite bis dritte Tennisgarde nunmehr versammelt. Victor Vinci brachte Bren auch etwas.

„Das habe ich aus der Plantage geholt, damit kannst du dich ein wenig erfrischen, auch wenn ich nicht weiß, ob es wirklich Trinkwasser sein soll!“ kommentierte der Trainer, was er seinem Schützling da nun serviert- der Schiedsrichter ermahnte den einstigen Weltstar für dieses Gespräch. Und der Schützling bestarrte das Wasser. Er war verdurstet und brauchte welches, aber ganz klar erschien es wohl nicht, und es roch so dumpf und so modrig. Da kam zudem ein Insekt aus dem Eimer, der ihm da gereicht, und stach ihn. Es kam ihm vor, als mache sich das funkentragende Schicksal nun vollends über ihn lustig. Der Stich machte ihn benommen. Bren taumelte zurück auf den Platz, stolperte, stürzte, war wieder bewußtlos- der Funke des möglichen Sieges war doch wieder ausgegangen, sosehr er an ihn noch geglaubt, hätte ihn denn das Wasser gestärkt.

Schadenhumor des Schicksals

Die Fratze des Arztes wiederholte sich wie ein schlechter Film im morgendlichen Fernsehprogramm; Victor Vinci leistete Bren diesmal Gesellschaft auf der palmenrondellbestückten Lazarettplantage und versüßte Brens Ausscheiden mit dem Hinweis darauf, daß ja bereits in der kommenden Woche das Turnier von Rio Montaña zu bestreiten sein könnte. Bren wurde wieder zur Ruhe gemahnt, und dem Fleißigen wurde schon wieder das Training untersagt, das er sehr wohl benötigt, um beim nächsten Turnier besser zu sein. Es war wieder das gleiche Insekt gewesen. Wahrscheinlich war es schon wieder dasselbe Insekt gewesen, denn diese Tiere waren unglaublich selten. Selten wie ein einzelner Funke, der nicht auf Wiese oder Wald zuflog, sondern im Tümpel landete. Bren konnte nicht mehr glauben, wie der Funkenflug des Schicksals ihn derart peinigen mochte. Aber hier lag er wieder, lag er als einziger exotischer Tennisspieler in einem Krankenhaus, das sich darauf spezialisiert, die Opfer des Schicksals zu pflegen, die aber ausbrechen wollten, um endlich ihrem Leben den richtigen Lauf zu verpassen. Bren hatte sich ausgerechnet, das Turnier gewinnen zu können, und nun war er wieder in der ersten Runde verschwunden, in der ersten Runde vom Tableau schon getilgt. Eine nächste Chance würde es geben, aber er mußte endlich trainieren, und jetzt war ihm die Ruhe schon wieder verordnet, und der Alptraum ging weiter, in dem er Insekten nur sah oder immer dasselbe Insekt, das ihn anlächelte von einer Staude oder anglotzte aus einem einzigen Eimer voll Wasser. Ein bißchen Flüssigkeit bekam der Profi hier, aber es war zu spät und das Spiel schon verloren. Rio Montaña war also die Aussicht, und dorthin würde die Reise weitergehen- nach einer verordneten Pause voll Ruhe und im übrigen weiterhin ohne die Koffer, die irgendwo auf dem Flug hierher schon verlorengegangen. Bren wollte das Wort *verloren* endlich aus seinem Wortschatz streichen, aber immer dann, wenn er dies nun versuchte, kam das große Wörterbuch und schlug ihm von neuem das Wort um die Ohren. Es mußte die verlockende Aussicht geben, daß das nächste Turnier gewonnen werden konnte. Rio Montaña ließ sich Bren auf der Zunge zergehen, und bei einem bestimmten Buchstaben dachte er wieder an die Leider-Señor-Sätze, mit denen er in San Cristobal del Mar ständig geplagt

worden war. Aber es würde dort kein salziges Meer geben, sondern einen Fluß mit süßem Wasser, und dort würde er sich erfrischen können und würde er sich stärken können für ein erfolgverschaffendes Turnier- wenn es nur am Fluß keine seltenen Insekten gab, die ihn und nur ihn dann stachen...
Die Taxifahrt ging mit leichtem Gepäck wieder in das Gebirge, wo der Flugplatz dann wartete und der Weiterflug nach Rio Montaña, das nicht endlos weit war und hoffentlich weit genug, daß das eine seltene Insekt ihm nicht würde folgen können. Die Wahrscheinlichkeit war ganz gut, denn in seinem Koffer würde sich kein Insekt verstecken können, wenn er doch gar keinen Koffer mehr hatte, gar keinen Koffer besaß seit der letzten verlustreichen Reise. Skeptisch, aber, lugte Bren zu dem halboffenen Kofferraum, der immerhin einen Koffer seines Trainers beinhalten durfte, der bestimmt sein Ziel auch erreichte, und Bren dachte an alle Funkenflüge des Schicksals, die er bislang erlebt, und so rechnete er damit, daß er selbst derjenige sein würde, der aus irgendeinem Grunde in Rio Montaña den Koffer des Trainers dann öffnen würde, und bestimmt kam sofort das eine seltene Insekt, von dem es nur noch ein Exemplar geben mochte weltweit, aus dem Koffer geflogen und dem Bren an den Hals, daß er ein weiteres Turnier dann verpaßte oder zumindest nicht sein würde in der besten Verfassung. Bren wollte sich von diesem Gedanken ablenken und er schaute nach draußen, schaute zu Abhängen und Schluchten, die ständige Begleiter waren auf der Taxifahrt, und diese Begleiter waren keine passende Ab-

lenkung, sondern waren selbst etwas, von dem man sich normalerweise nicht ungern ablenkte dann. Immerhin führte der Weg auch durch die Plantagen der Berge, und diese Plantagen leuchteten mit allen Farben, mit denen Plantagen eben leuchteten, um einen ausgeschiedenen Tennisspieler auszulachen- so mußte es Bren wieder empfinden, und er ärgerte sich über die boshaften Stauden, die soviel Schadenhumor doch besaßen. Dann kam der Flughafen- „Sie haben gar keinen Koffer dabei, Señor?" mußte sich Bren dort noch anhören; der Fragende hatte Glück, mit dem Leben davongekommen zu sein, denn Bren hatte sich für einen Moment doch gefühlt wie ein Stier in der Arena, auch wenn seine Arenen die Tennisclubs waren, hier und in der weiten Welt. Das Flugzeug, das war eine gewohnte Umgebung- und Bren empfand es als eine überraschend sichere Umgebung, da immer ein Victor Vinci in seiner Nähe noch war, der nicht abstürzen konnte, wie Bren sich ganz sicher war.

Wasserfälle und Granaten

Beim letzten nutzlosen Ausflug zu einem Spielort der Tennis-Beinahe-Stars war man in den Bergen gelandet und dann von einem señortriefenden Taxifahrer hinunter zum Meer gebracht worden; bei diesem Ausflug zu einem Spielort der Tennis-Beinahe-Stars, der sich hoffentlich einmal nicht als nutzlos entpuppen würde, war es umgekehrt: das Flugzeug, von Böen geschaukelt wie ein schreiendes Kind in der Schifferschaukel des Spielplatzgeheges, baumelte zu einer auf dem

Meer beginnenden Landebahn hinab und schlingerte dann einem Flughafenhangar entgegen, der auch direkt an die Klippen des Meeres gebaut; die Tennisplätze dann waren in einem Bergmassiv zu erwarten, das wie ein einschüchterndes Monster dastand und mit starrenden Augen die ankommenden Besucher, Touristen und Gäste beblickte: Na, wenn ihr gewußt hättet, wie wild und schroff das hier alles aussieht, dann wärt ihr wohl nicht hierhergekommen, was? Bren brauchte sich darüber keine Gedanken zu machen, und er war schließlich nicht zum Vergnügen hier, sondern zum Siegen- er mußte endlich siegen, brauchte dringend ansehnliche Punkte für die Weltrangliste, in der er ein paar Plätzchen verloren, nachdem die beiden letzten Turniere so schrecklich geendet für ihn. Im Flugzeug hatte er schon ständig an Tennis gedacht, und auch auf dem Parkplatz des Flughafens versuchte er sich an Trockenübungen, um den Bewegungsablauf nicht zu verlernen, der ihm doch irgendwann übergegangen in Fleisch und Blut und ganz automatisch geworden. Manche Dinge, indessen, änderten sich niemals: ein Taxifahrer, der das Wort Señor auf den Lippen hatte, war vorgefahren und bot an, das Duo hinauf in die Berge zu fahren. Victor Vinci stimmte begeistert zu, ohne Bren zu fragen, aber Bren wollte sich auch in erster Linie nur und ausschließlich auf sein Spiel konzentrieren, das nächste Tennisturnier, die Spiele, die er dort dann gewann. Wie sollte es auch anders sein? Hier würden hoffentlich keine Insekten schwirren, und hoffentlich würde auch Trinkwasser vorhanden sein, aber davon ging er aus in den hohen, hohen Bergen, die da ihre eigenen Reserven sicherlich hatten, und es sollte dort Flüsse geben und Seen und Wasserfälle, und so hoch droben, da schneite es auch bisweilen, und man hatte dort keinen Mangel an Wasser, sagte sich Bren immer vor, denn das war ein Alptraum gewesen für ihn, so dehydriert auf den Platz nur zu kommen, und da hatte er sich auf verlorenem Posten befunden, von Anfang an schon bereits. Die Qualifikationsrunden für das Turnier von Rio Montaña würden noch laufen, und eine Auslosung würde es noch nicht gegeben haben. Bren war relativ zeitig dran im Vergleich zu den Tennisspielern, die aus San Cristobal del Mar anzureisen gedachten und dort noch ein Finale, zum Beispiel, vor sich besaßen, das sie sicher nicht ungern bestritten. Und Bren wollte diese Zeit zum Trainieren nutzen. Endlich, meine Freunde, endlich zum Trainieren nutzen, denn das war wie verhext gewesen, daß er solange keine Trainingseinheit mehr besessen. Die letzte, das war der Besuch eines Lagerfeuers, glaubte Bren, gewesen, zählte er nicht das Konditionstraining mit, welches vom Insekt rasch beendet, und nicht den ersten Satz eines Matches, das er gar nicht zu Ende gespielt. Serpentinenlockend begrüßte der Berg das Taxi und begrüßte das Massiv auch den Bren und seinen munteren Trainer; das Straßenpflaster bestach in diesem Lande dadurch, daß es nicht vorhanden war, und so mußte es der Fahrer auch gar nicht vermissen. Keine Plantagen lachten den Tennisstar aus, und das war auch schon einmal ein guter Beginn. Bren wollte sich darauf konzentrieren, das nächste

Mal, wenn er einen Funken sah, diesen zu einem Großbrand zu machen, indem er ihn mit den Blicken an den richtigen Ort navigierte. Und dann würde nicht er es sein, der dehydriert auf den Platz kam, sondern seinen Gegnern würde solches passieren, und er würde leichtes Spiel haben und würde die Turniere alle gewinnen, ohne sich anstrengen zu müssen in so großem Maße. Bren übte sich darin, Hoffnung zu haben, und es schien so leicht, mit guter Hoffnung durch das Leben zu kommen, wie er am Funkenflugkünstler doch sah, der neben ihm saß und neben ihm harrte und auf den Zielort sich sichtlich sehr freute. Welch traumhafte Tunnel diese Gegend doch darbot. Und wenn sie mal zugeschüttet waren von Steinschlägen und Erdrutschen und feuchtigkeitsverheißenden Schlammlawinen, dann fand der señortriefende Taxifahrer auch immer einen Umweg darum herum, ein Ausweichmanöver nach dem nächsten, als wäre er eine Berggemse auf der Flucht vor dem Bergungeheuer. Aber welch ein Traum war Rio Montaña! Ein beschaulicher Ort aus barocken Kolonialzeitpalästen und einigen weniger barocken Blechhütten! Und ein Wasserfall brach aus den Felsen heraus und spendete allzuviel von dem Naß, das Bren an einem anderen Ort doch so sehr vermißt. Rio Montaña war kleiner als die Küstenstadt, die man zuletzt aufgesucht, und so würde man hier für den innerstädtischen Verkehr kein Taxi mehr gebrauchen; man residierte in einem einstmals vom Militär genutzten Bunker in der Nähe des Tennisparks dieses Städtchens. Bren hatte fast eine Vorahnung, und irgendwie hatte sich noch

nichts geändert an seinem Mißgeschick mit dem Funkenflug des Lebens: ausgerechnet in seinem Zimmer fand er unter dem Bett eine Handgranate vor, die nicht etwa unbrauchbar geworden und welche wohl vom Militär einst vergessen, als es dieses notdürftige Hotel dann befreit, in dem es nicht wenig nach der Notdurft vieler Menschen noch roch.
„Wunderschön ist es hier!“ platzte es aber aus Victor Vinci heraus, der sich pudelwohl fühlte und sich in seinem Zimmer schon häuslich eingerichtet, während eine Dienstmagd und ein Page gemeinsam mit dem Sicherheitsbeauftragten des Hotels die Granate zur Sprengung brachten, die Bren in seinem Zimmer gefunden. Das hätte ins Auge gehen können- die Wände, zumindest, waren stark angerußt, nachdem die Detonation ihre Spuren verbreitet. Sollte Bren froh darüber sein, daß er nicht sämtliche Gliedmaßen verloren hatte? Er war es nicht und konnte es nicht sein und stöhnte nur über diesen Beginn seines Aufenthalts in dem einstigen Militärquartier des beschaulichen, wasserfallsprühenden Ortes. Victor Vinci kündigte einen Spaziergang an- wieso nur, wurde schnell der Gedanke in Brens Hirnchen flügge, hatte der ältere Herr nicht unter den Reisestrapazen zu leiden wie er? Tags zuvor, fand Bren rasch die Antwort, hatte jener ja kein kraftraubendes Tennisspiel zu bestreiten gehabt und war jener auch nicht von einem Insekt gestochen worden, obwohl Victor Vinci es angeschleppt in einem Eimer von den Plantagen. Funkenflug, das war die einzige Antwort, warum das alles so war und nicht anders. Victor Vinci genoß den Ausflug, spa-

zierte zum See, beobachtete einige nackte Fräulein beim Duschen unter dem Wasserfall und schnüffelte an den wohlduftenden Orchideen am Rande des blühenden Dschungels. Ja, es war traumhaft. Farben, Düfte, das beruhigende Plätschern des Wassers, die wunderbaren Formen der weiblichen Körper... Nur ein Rumpeln und Donnern durchzuckte dieses Idyll- schon wieder war eine Bombe detoniert in der Unterkunft aller Sportler, die wohl etwas überhastet verlassen vom noch allgegenwärtig scheinenden Militär.

Ein bißchen Glück in sehr, sehr viel Unglück

Um den neuen Abschnitt, man mag ihn beinahe als Kapitel bezeichnen, mit einer erfreulichen und erleichternden Meldung zu beginnen: Bren war nicht schwer verletzt. Außerdem waren gleich Ärzte vor Ort, um sich um den jungen Tennisspieler zu kümmern. Die Detonation hatte ihm etwas den Boden unter den Füßen entzogen und ein klaffendes Loch in den Fußboden seines Zimmers gerissen, und so war er ein Stück nach unten gestürzt, aber er hatte sich wohl nur ein wenig den Knöchel verstaucht und das Knie leicht geprellt, und es würde schon wieder gehen, wenn er die nächsten Tage auf Bettruhe dann achten mochte und nicht unnötig auftrat, und er mußte nur diese Woche noch trainingsfrei halten und konnte vielleicht in der nächsten Woche, wenn sich sein Zustand entscheidend gebessert haben würde, sogar an dem Turnier teilnehmen, auf dessen Gewinn er sich schon gefreut. Bren starrte aber reichlich ungläubig drein und sehr fassungslos, nachdem er dies nun vernommen, und er konnte gar nicht mehr glauben, wieso ihm immer so etwas unterlief, ihm immer so was passierte... Er verbrachte durchaus nicht wenig Zeit mit anderen Tennisspielern, und er hatte noch von keinem anderen gehört, daß jener von einem Insekt außer Gefecht gesetzt worden war, von der Polizei unschuldig entführt, von einer Granate in einem Zimmer unter dem eigenen bei einer Explosion dann verletzt... Bren hatte wieder den Funken vor Augen, den er sich ausgesucht und welcher im Tümpel gelandet. Vielleicht konnte er bald wieder einem Lagerfeuer beiwohnen, sich dann einen anderen Funken auswählen, und sobald dieser den Waldbrand entfachte, dann war er gerettet, und sein Schicksal hatte sich dann sehr geändert. Aber solange das nicht geschah... Man half ihm ins Bett, damit er dann ruhte und sich erholte von diesem Schlag. Aber das Bett hielt nicht, besser gesagt: der Boden hielt nicht, der von der Detonation stark in Mitleidenschaft nun gezogen, und so krachte das Bett abwärts, und Bren fing sich auch noch eine Verletzung des Rückens ein, aber die Ärzte waren bester Dinge, daß es sich nicht um eine ernsthafte Rückenmarksverletzung oder eine irreversible Verwundung der Wirbelsäule handeln würde, und so wurde Bren bescheinigt, er habe noch einmal Glück gehabt, Glück im Unglück. Ein bißchen Glück in sehr, sehr viel Unglück. Hätte er es wirklich einmal mit Glück zu tun gehabt, dann hätte er alle Turniere gewonnen, und er stünde weitaus besser da, wenn er auf die Rangliste blickte von allen Spielern der Welt. Und die ande-

ren Spieler in der Rangliste, die hatten eher Glück, wenn sie so viele Turniere doch hatten, bei denen sie Punkte zu sammeln vermochten, und er wollte es endlich doch auch.
Victor Vinci kehrte wieder; er war zur rechten Zeit verschwunden, um nicht selbst getroffen zu werden von einer Granate, einer Bombe, einem Haufen verrotteter Munition.
„Um Himmels willen, Bren, ist dir auch nichts passiert?“ flitzte die Zunge des Trainers so über die Worte, als er hineinstürzte in das Krankengemach seines Schützlings.
„Man sagt, ich hätte Glück gehabt, ich darf nur nicht mehr auftreten und muß die Tennisspiele bestreiten, ohne mit dem Fuß den Boden zu berühren, aber ansonsten hatte ich ja offensichtlich viel Glück...“, schimpfte Bren vor sich hin, „Glück, ha, daß ausgerechnet unter meinem Zimmer so eine Explosion stattfindet, Glück, ha!“
„Na, wie gut, daß du noch am Leben bist, so etwas kann auch schlimmer ausgehen“, wollte es der Trainer mit einem halbvollen Glas vergleichen und nicht mit dem halbleeren-aber was half es dem Bren, wenn er wieder abgehalten wurde davon, einen Tennisplatz rasch und schnell zu betreten?
Bren, jedenfalls, verfluchte den Umstand, der ihn hier wieder verdammte zur Nutzlosigkeit, zum Liegen und Warten, bis der Knöchel besser wurde, das Knie sich bewegte und der Rücken wieder brauchbar sein konnte, um Tennis zu spielen und Leistung zu bringen und Siege auf dem wichtigen Platz.
In den darauffolgenden Tagen hatte Bren reichlich viel Ruhe, und er konnte in der Tat regenerieren; bisweilen kam sogar

eine gutaussehende, junge Krankenschwester mit großen schwarzen Augen und treusorgenden Blicken vorbei, um nach Brens Gesundheit zu sehen, ihm Gesellschaft zu leisten und ihm sogar etwas vorzulesen, wenn sie nicht gerade stöhnend im Zimmer nebenan zu hören zu sein geruhte, wo Victor Vinci zwischendurch mit ihr schlief, wenn er gerade Lust haben mochte. Bren konnte kaum verstehen, was nur alle Frauen an seinem Trainer so fanden- hätte er selbst nicht attraktiver wirken müssen auf solche Frauen? Er versuchte sich daran, nicht neidisch zu sein und gar nicht eifersüchtig, und er fühlte sich auch lediglich in erster Linie davon gestört, daß ihn das lauthals ertönende Stöhnen am Schlafen zu hindern vermochte, und andere Beschäftigung hatte er kaum an diesem Ort, zu dieser Zeit, in diesem Zustand. Aber wie gesagt und wie erfreulich: der Zustand besserte sich. Dummerweise ließ sich das Erstrundenspiel gegen Monsun (schon wieder, verdammt!, lag dem Bren auf den Lippen seines mit vielen verärgerten Windungen bestückten Gehirns) nicht um einen einzigen Tag verschieben und war gleich für den ersten Turniertag angesetzt worden. Er würde es versuchen, er würde es versuchen müssen, denn die Weltrangliste machte keinen Unterschied, ob man in bester Verfassung auf dem Platz kämpfen konnte oder im Krankenbett lag, während sich der Trainer mit der stöhnenden Schwester vergnügte (eine Weltrangliste sähe, zugegebenermaßen, auch seltsam aus, wenn sie die stöhnende Krankenschwester im Nachbarzimmer mitberücksichtigen würde). Bren versuchte sich darin zu üben, sich mit den Umständen abzufinden und dennoch die beste Leistung vollbringen zu können- aber wie einfach war das gesagt und wie schwer ein Spiel dann gewonnen bei dieser Vorgeschichte...

Kampf des Gladiators

Wieder war ein Tag eines Matches gekommen; bis auf eine Explosion in der vorangegangenen Nacht war die Vorbereitung perfekt verlaufen, abgesehen davon natürlich, daß Bren in der Tat erst wieder beim Einspielen vor dem ersten Satz dazu in der Lage sein mochte, einen Schläger in die Hand zu bekommen und auf den eigenen Füßen zu stehen, so wacklig diese auch waren nach den Verletzungen der vergangenen Tage. Der Tennisplatz war idyllisch gelegen. Man sah von den Tribünen aus den Wasserfall, der aus dem Felsen entsproß und welcher ein Wahrzeichen war in diesem Rio Montaña, in dem man nun spielte. Die Berggipfel reihten sich aneinander, daß sie beinahe so etwas wie einen Krater ergaben, in dessen Kessel man sich hier nun befand. Das wäre auch noch typisch und das i-Tüpfelchen auf den Funkenflug eines mißlungenen Daseins, dachte sich Bren, wenn sich der Ort als Vulkan noch entpuppte und alles in Lava dann unterging, wenn Bren gerade seinen Matchball dann hatte. Aber er wollte endlich einmal sich eine positive Erwartung bescheren, und es schien nach all den Ereignissen der vergangenen Wochen aber so, als sei der Kampf um eine positive Erwartung in seinem Geiste noch härter als der gegen den ungünstigsten

Gegner, den doch die Auslosung wieder und wieder ihm brachte. Bren hatte jetzt mehr Erfahrung mit ihm als noch beim letzten Mal, aber auch der Gegner würde mehr Erfahrung besitzen und war wieder in bester Verfassung, während Bren kein Mittel noch kannte, wie er zurechtkam mit ihm. Bren wollte es einfach versuchen. Monsun gewann wieder die Entscheidung- wer durfte anfangen, nein, wer mußte anfangen... Bren sollte wieder aufschlagen- typisch, wo er gerade gar nicht im Training noch war und einige echte Ballwechsel doch brauchte, um das rechte Gefühl zu bekommen für seinen Schläger und auch für den Ball. Wieder begann er das Spiel mit einem Doppelfehler, wobei es bei beiden Aufschlagsversuchen unendlich knapp war, und der Ball war nur mit seinem letzten Härchen an der Netzkante hängengeblieben. Bren wies an, das Netz zu inspizieren, weil damit irgend etwas nicht paßte. Dann kam auch noch ein Sturmhauch in den Krater dieses Massivs so gefetzt, daß der nächste Aufschlag auch nicht gelang. Irgendwann war es passiert, und Bren lag schon wieder zurück. Entsetzlich schmerzte ihm der Rücken, und er träumte von einem schmerzfreien Spiel und davon, wie gut er es spielte, wenn er diese Chance endlich mal hatte. Aber bei jedem Heben des Schlägers meldete sich der Rücken zu Wort, und die Beine waren immer dann wackig, wenn er es nicht gebrauchen konnte und zum Netz zu stürmen hatte. Und dann- wieso kam nur er mit diesen seltsamen Schlägen des Gegners gar nicht zurecht, während andere Spieler scheinbar mühelos diesen Gegner bezwangen?

Bren dachte viel. Bren dachte viel zuviel. Bren dachte dauernd während des Spiels, und der Rückstand vergrößerte sich. Das gefiel ihm gar nicht, und er mußte doch etwas unternehmen. Immerhin war er diesmal nicht dehydriert, und er würde eher zu kämpfen imstande sein dann, wenn es mehr und mehr darauf ankam. Er biß auf die Zähne, als ihm das Knie immer mehr schmerzte, biß auf die Zähne, wie sehr ihm der Knöchel auch weh tat. Immerhin vergrößerte sich der Rückstand nicht. Irgendwann nahm er eine Behandlungspause und ein unordentlicher Turnierarzt versuchte sich daran, die Schwellung seines Knöchels zu mindern. Irgendwann war er wieder stärker im Rennen, stürmte wilder ans Netz, befreite sich mehr von taktischen Zwängen, die er sich zuvor auferlegt. Vieles ging schief, aber manches ging auch weniger schief als anderes. Er kam wieder heran und verlor aber den ersten Satz doch recht schmerzhaft mit fünf zu sieben und hoffte dann auf den zweiten. Er saß da, stärkte sich, trank etwas und war entschlossen. Er schloß die Augen, tankte innerlich Kraft, nahm sich vor, jetzt alles besser zu machen, und es war ihm egal, wie wenig Training er hatte und wieviel Schmerz ihm in den Knochen noch steckte, und er mußte einfach endlich einmal wieder in eine zweite Runde einziehen, und er mußte einfach alles aufbieten, was in ihm steckte, und nur so konnte er danach wieder in den Spiegel sehen, und aus dem Juniorenbereich war er es gewohnt, daß er derjenige war, der die Turniere gewann. Er schaute zum Wasserfall, labte sich daran, war bereit, zeigte sich bereit, wollte mit aller Körpersprache gleich demonstrieren, daß er zum Kämpfen gewillt war. Dummerweise mußte Bren auch in diesem Satz mit dem Aufschlag beginnen, aber diesmal war er eingespielter als ganz zu Beginn, hatte wieder ein Gefühl für das Spiel, das sein Leben war, und es gelangen ihm sogar zwei Asse, und er konnte vorerst in Führung gehen in diesem zweiten Satz. Er schaute noch einmal hinüber zum Wasserfall- an irgend etwas mußte er sich festhalten. Und der Gegner bekam Probleme, als Bren nun immer besser und immer besser ins Spiel fand. Bren fand einen Breakball, war auf bestem Wege, dem Monsun endlich das Aufschlagspiel abzunehmen. Kämpferisch stürzte er zum Netz, rutschte aus, war wieder mit dem Knöchel umgeknickt, der ohnehin dick bandagiert. Schürfwunden hatte er sich auch noch zugezogen. Aber das wollte er alles ignorieren, und er wollte nur endlich das Spiel gewinnen, mußte endlich einmal etwas gewinnen, endlich wieder etwas gewinnen, um sich nicht schamvoll hinter den Spiegeln verstecken zu müssen, statt sich selbstbewußt vor sie zu stellen und sich entgegenlächeln zu können. Er benötigte wieder eine Behandlungspause, und das Publikum wurde ungeduldig und wedelte schimpfend mit bunten Tüchern, um Bren darauf aufmerksam zu machen, er solle nicht derart oft dieses Spiel unterbrechen. Aber es war wirklich ernst, wie sich sein Knöchel da zeigte und auch sein lädiertes Knie. Der unordentliche Turnierarzt behandelte lange und brauchte zu lange, so daß Bren nicht rechtzeitig auf den Platz zurückkehren konnte und eine Strafe erhielt. Um so wütender, um so entschlossener, um so zorniger und verzweifelter wußte er danach noch zu kämpfen. Aufzugeben, das kam für ihn nicht in Frage, und da müßte man ihn schon bewußtlos vom Platz tragen... wie man es beim letzten Mal getan, daß er auf einem ein Match ausgetragen. Weder konnte der Gegner ihn aufhalten, noch konnte ihn ein übereifriger Schiedsrichter stoppen, dem mal hier, mal dort etwas nicht paßte und welcher alle Entscheidungen zuungunsten des Vinci-Schützlings zu treffen beliebte. Und hier war keine Technik zu befragen bei strittigen Entscheidungen, wie es das bei den großen und größten Turnieren stets gab, nach denen sich Bren so sehr sehnte. Aber das gab Motivation, und Bren hielt sich vor Augen, wohin er wollte, wohin er schon immer gewollt. All seine Kindheitsträume und Jugendträume, die waren erreichbar, und er mußte nur hier noch gewinnen und ein paar weitere kleine Turniere, und er würde dort endlich sein, wohin er immer gewollt. Hier und heute mußte er siegen, so ungünstig die Ausgangslage auch war. Er kämpfte und kämpfte- wie ein Berserker, wie ein Löwe, wie ein wilder Stier, wie ein hungriger Wolf, wie ein Gladiator, der nur um Leben und Tod zu kämpfen kannte. Der Rücken, das Knie, der Knöchel- was war das schon alles, wenn es um Leben und Tod ging, und Bren war stolz auf seine eigene Einstellung, seine innere Einstellung, die ihm doch niemand rauben konnte, wie viele Granaten um ihn herum auch zu explodieren gedachten und welche Insekten auch immer ihn aufsuchen wollten und wie viele quappelbärtige Polizeikommissare. Im zweiten Satz baute Bren seine Führung noch aus, und erstmals hatte er den Monsun geknackt, von dem immer weitere effetbeladene Bälle heranregnen mochten, aber mit großem Einsatz fing sie Bren schon nahe des Netzes ab und schmetterte sie mit gewaltiger Wucht in das Feld des Gegners, und irgendwie wurden die Punkte wie Regentropfen zu Bren hergeweht. Innerer Wille und äußere Realität wuchsen zu einer unschlagbaren Einheit zusammen. Bren sah, daß er zu gewinnen vermochte, so schlecht er sich auch zuvor gegen diesen Gegner einst angestellt und so geschwächt er auch in das Turnier noch gegangen. Bren baute den Vorsprung weiter aus. Er wollte sich einreden, daß das Punktepolster, daß er sich erwarb, die Verletzungen unspürbarer machte und die Schmerzen hinfortzujagen beliebte, aber es war nicht der Fall, und Knie und Knöchel machten ihm noch mehr zu schaffen, und der Rücken wollte die Bewegungsfreiheit seiner Arme noch minimieren. Der Gegner kam wieder näher heran, und Bren benötigte eine weitere Behandlung durch den Turnierarzt, welch chaotischen Eindruck jener auch zu vermitteln gedachte. Wieder war das Publikum erbost, und dabei mußte es doch sehen, daß Bren ernsthaft verletzt war, so sehr verletzt sogar, daß andere Spieler wahrscheinlich längst aufgegeben zu diesem Punkte des Spiels. Mit neuer Kraft stürzte er sich auf den Platz und machte dann den Sieg des zweiten Satzes perfekt, sechs zu drei, und es ging in den dritten. Kämpferisch blieb Bren, und er steigerte seinen Kampfgeist immer mehr, je schlimmer die Schmerzen waren; aber die Behandlung hatte auch etwas gebracht, und er konnte den Arm halbwegs gut bewegen, und er konnte die Füße noch nutzen, um immer wieder und immer wieder unermüdlich ans Netz zu stürmen, wo er die merkwürdigen Bälle des Kontrahenten eher zu verwerten vermochte als von der Grundlinie. Es war ein kraftraubendes Spiel, und es war unmenschlich, ein solches zu spielen, wenn man zuvor im Bett nur geblieben. Bren spürte sein Herz, wie es pumpte und pumpte, und er spürte seine Lunge, wie sie brannte und brannte. Aber er wollte und mußte gewinnen. Er würde nicht gesunden können, wenn er von Niederlage zu Niederlage nur ritt und nur die Wellentäler kennenzulernen vermochte, während er doch genau wußte, wie schön, wie einzig schön es war, auf den Wogen des Erfolges zu hüpfen. Aber selbst ein Monsun, der im Training war, zeigte Ermüdungserscheinung, und Bren setzte nach und kämpfte noch kräftiger, um den Gegner jetzt zu erledigen. Einmal noch mußte er sich einer Behandlung unter- und den Unmut des Publikums zuziehen, aber dann glaubte er, er könne das Match zu Ende spielen. Möglichst schnell wollte er jetzt den Erfolg unter Dach und Fach bringen. Immer wieder zum Netz. Er sprintete und sprintete auf seinen wackligen, schmerzenden Beinen. Aber er hatte den Erfolg. Er gewann. Er hatte tatsächlich gewonnen, und seine Freude war um so größer, da er den Sieg unter so schweren Umständen gewonnen, und er hatte das Gefühl, jetzt konnte ihn nichts mehr aufhalten, jetzt konnte und würde er auch das Turnier noch gewinnen, so verletzt er auch die Woche davor im Bette verbracht, und er würde sich den Turniersieg erkämpfen, auch wenn er nichts derart leicht bekam, wie es Victor Vinci immer geschafft in seiner siegestaumelnden Tenniskarriere. Bren war voller Schmerzen und war zu Tode erschöpft. Aber erstmals seit über einem Monat hatten ihn wieder die Engel der Glücksgefühle besucht und umsäuselten seine entwöhnten Ohren mit der sieggetränkten Melodie, die ihm Enthusiasmus verlieh und die Euphorie und die Hoffnung und den Willen zum Weiterspielen, um irgendwann auch bei größten Turnieren zu siegen. Bren und Victor Vinci umarmten einander nach dem Spiel; für Bren stand noch die Dopingprobe an und danach etwas Erholung am Wasserfall und morgen ein Zweitrundenspiel.

Positives

Bren hatte trotz aller Zwischenfälle sein Talent bewahrt und seine Fähigkeiten; wenn auch noch eine große Portion Kampf vonnöten sein mochte, so gelang es ihm, auch die Zweitrundenbegegnung noch zu gewinnen. Siege fühlten sich so gut an! Und um so schlimmer fühlte es sich an, danach auf den Hosenboden der Ungerechtigkeit wieder zu stürzen... Bren wurde zur Turnierleitung gebeten; Victor Vinci begleitete ihn.

„Sie sind, leider, bedauerlicherweise“, begann der hiesige Turnierdirektor, und der einzige Lichtblick bestand darin, daß er nicht das Wort *Señor* verwendet zu haben beliebte.

„Worum geht es?“ knirschte Bren in der üblen Vorahnung, den ein Funke zu haben pflegte, wenn er auf einen Tümpel zuflog, oder ein Flugkapitän, wenn die Triebwerke seines metallischen Vogels brannten, oder ein Buchfink, wenn all sein Nachwuchs im Nest dem Herrn Kuckuck mehr und mehr zu ähneln geruhte, oder... Aber genug des Abschweifens- Tatsache war, daß Bren eine üble, sehr, sehr üble Vorahnung besaß.
„Ich bedauere, und es tut mir leid, weil Sie letztlich gar keine Schuld trifft und... Ihr Dopingbefund war positiv, aber das lag an einem Fehler des Turnierarztes, der Sie während des Matches gegen Monsun behandelt hatte... Ähem, natürlich nicht gegen Monsun behandelt, als wenn das eine Krankheit wäre... Nun, der Turnierarzt war nur eingesprungen für den eigentlichen Turnierarzt, und er wußte noch nicht, was er verwenden durfte und was nicht... Ich habe mit der Tennisföderation gesprochen, und das Urteil ist folgendermaßen. Wegen des positiven Dopingbefundes muß ich Sie aus dem Turnier nehmen, und das Erstrundenmatch gegen Monsun wird für Sie als verloren gewertet...“
„Waaas?“ erboste sich Bren außer sich, der sehr hart gekämpft, um dieses Match zu gewinnen.
„Aber... Lassen Sie mich ausreden! Weil wir die Aussage des Turnierarztes haben, auf dessen Fehler das zurückgeht, bleiben Sie von weiteren Strafen verschont, und es werden keine weiteren Ermittlungen folgen, weil die Angelegenheit klar ist...“

„Aber was heißt: *von weiteren Strafen verschont*... Ich habe überhaupt nichts getan, und aus dem Turnier auszuscheiden ist die schlimmste Strafe überhaupt, die es gibt!“ keifte Bren ganz ungläubig, der ohnehin noch erschöpft war oder aufgeputscht von dem Spiel, das er eben bestritten.
„Sie können von großem Glück reden, daß der Turnierarzt seinen Fehler eingeräumt hat, sonst wären Sie womöglich ein Jahr gesperrt worden für dieses Vergehen...“
„Vergehen? Vergehen? Welches Vergehen?“ jaulte Bren aufgewühlt, und Victor Vinci mußte seinen Schützling zurückhalten.
„Laß nur, laß mich das regeln“, bat der Trainer seinen Trainierten und wandte sich an den Turnierdirektor: „Vergehen? Vergehen? Welches Vergehen? Mein Schützling hat kein Vergehen begangen.“
„Das haben wir ja eingesehen- aber ein positiver Dopingbefund bleibt ein positiver Dopingbefund. Und schließlich haben Sie bei allem ja riesiges Glück gehabt!“ wurde Bren nochmals eingeredet, und er glaubte es wieder mal nicht, denn nichts daran fühlte sich an wie ein Glück und schon gar nicht wie ein riesiges oder überhaupt großes. Bren wurde in Aussicht gestellt, daß er an den nächsten Turnieren wie gewünscht würde teilnehmen können- Weltranglistenpunkte gab es hier aber wieder einmal nicht einzuheimsen für das Dopingeichhörnchen wider Willen. Und schon sah die Welt wieder düsterer aus, und der im Abendrot leuchtende Wasserfall war wie ein Feuersturz in der Hölle des teuflischsten

Reiches. Bren wußte nicht, was er hier noch sollte- er würde weiterreisen wie ein Vagabund, der nirgends ein Zuhause je fand, und dabei hatte er gar nichts angestellt in diesem Rio Montaña und bei dem Turnier, das zwischendurch einen so guten Eindruck gemacht. Trainieren durfte er noch, aber es fühlte sich so wutüberladen an, auf jenen Plätzen Bälle zum Spaß nur zu schlagen, auf denen er ungeschlagen geblieben und auf denen er dennoch nicht weiter um Punkte, um Siege, um Triumphe, um Fortschritt zu kämpfen vermochte. Einen Trainingstag verbrachte er aber noch hier, denn sein Trainer hielt es für besser und wollte auch noch eine Nacht mit der Krankenschwester verbringen, die Bren so aufopferungsvoll gepflegt und im Nebenzimmer noch aufopferungsvoller gestöhnt. Dann wurde wieder ein señortriefender Taxifahrer gebeten, den wutdampfenden, ursprünglich aufstrebenden Tennisstar und seinen namhafteren Trainer zum Flughafen zu kutschieren, und das nächste Turnier lauerte dann schon bestimmt, und Bren fühlte sich aber gewappnet und mit einer Jetzt-erst-recht-Stimmung dergestalt bewaffnet, daß er dort gewiß auch zu gewinnen ersehnte.

Muränenroulette

Der Flug, den das Duo hinter sich gebracht hatte, war ein viel weiterer gewesen, und zuletzt hatte man eine sehr große Maschine bevölkert; es war einer dieser Flüge, nach denen man sehr lange an seiner Uhr zu sitzen geruhte, um sie auf die Ortszeit zu trimmen. Eine Bahn durch viele schlangenförmige und aalartige Tunnel brachte Victor Vinci und Bren dann bis nach Murena. Murena war eine Küstenstadt, die sich wie eine Muräne an bewaldete Hänge schmiegte, die sich von Waldbränden nicht unversehrt zeigten, als habe hier schon einmal ein Funkenflug gewütet, bei dem auch ein Vinci'scher Funke seine Anwesenheit einst gefeiert. Und die Muräne spuckte am Morgen viele Menschen aus Casinos, die sich dorthin placiert, wo der giftige Fisch sein Maul zu besitzen beliebte. Bren und Victor Vinci stiegen aus, und Bren war noch immer nicht mit Koffern und Reiseutensilien ausgerüstet, die ihn einstmals überallhin begleitet; viele persönliche Dinge schienen sich noch immer auf Weltreise zu befinden, und die Fluggesellschaft hatte es nicht für nötig befunden, sie für den Tennisprofi irgendwo zurückzugewinnen, um sie aus der Parallelwelt der verschwundenen Koffer in die hiesige Welt zurückzutransferieren. Die Tennisplätze von Murena waren Pracht und Prunk. Durch Säulenhallen wurde man zu den Orten geleitet, wo Kampf und Schweiß residierten. Im Eingangsbereich war ein Meerwasseraquarium, in welchem eine Muräne thronte; sie besaß Blick auf den Jachthafen. Bren war zum ersten Mal hier und konnte durchaus ein wenig staunen; er war aber gewillt und entschlossen, daß alle anderen hier (und darin war auch die Muräne enthalten) über ihn staunen sollten und über seine Fähigkeit, bestes Tennis zu spielen. Zwar hing noch eine Wolke von Wut und Enttäuschung in seiner Seele, seit er wie ein schwergewichtiger Champion in den Ring geklettert war und dann doch mit dem ohrenzerfetzenden Gong zur letzten Runde wie ein betäubter Quasimodo aus seinem Turm geworfen worden, in dem er zu steigen und zu steigen gedacht, aber die Gewißheit, daß er in einem Spiel Mann gegen Mann auf dem Platz doch überlegen war, und das Selbstvertrauen, das die zuletzt sportlich errungenen Siege ihm zweifellos durchaus gegeben, brachten ihm doch eine gute Hoffnung ein, daß er es allen beweisen und für immer besiegeln konnte, daß er stark war und ein unschlagbarer Sieger. So trat er auf, so ergatterte er sich Trainingsgelegenheiten, so machte er die Konkurrenz schon mal scheu, und es war, wenn auch kein Turnier der allerersten Garnitur, eine starke Runde, die sich hier traf, um ganz hübsche Prämien auch zu erspielen, und die brauchte Bren ebenfalls, denn die Reisekosten fraßen größere Löcher in das Budget als die Haie in ihre eben servierten Futterfische dort drüben in einem weiteren Meerwasserbecken. Bren wußte von seinem Unglück mit Funkenflügen und Schicksalsschranken und nahm sich vor, bestens aufzupassen, daß er nicht in das Haibecken fiel und auch nicht dort landete, wo das Reich der Muräne. Es konnte ihm kaum passieren, aber wie vielen passierte es auch, daß sie durch eine Granatenexplosion im Stockwerk darunter zweimal abstürzen mußten, einmal zu Fuß und einmal mit Bett, und wie vielen passierte es auch, gleich zweimal von einer ganz seltenen Mücke oder Fliege oder was auch immer gestochen zu werden, einem Wesen, das so viele Menschen zur Auswahl besaß, und wie vielen passierte es... Er nahm sich einfach ganz fest vor, nicht hineinzustürzen in welches Gewässer auch immer, in dem eine gefährliche Kreatur dann wohl hauste. Diesem defensiven Vorhaben setzte Victor Vinci ein offensives entgegen: Er plante, die Casinos der Stadt aufzusuchen, und soviel Geld zu scheffeln, wie dabei möglich war. Bren wünschte ihm Glück, wußte, daß jener es hatte, und selbst zog sich Bren von allem Glücksspiel zurück, denn er fühlte sich in diesem Bereich wie ein Elephant im Porzellanladen, und er verließ sich nur auf das, was er mit eigenem Armschwung erreichen konnte, solange sich nicht an seinen Fertigkeiten, den Funkenflug einzuschätzen, etwas zu ändern beliebte. Aber Victor Vinci zog los, und obwohl er alleine loszog, war es wie ein Aufmarsch einer Staatsmacht, einer Truppe, eines Hannibals mit dreißig Kriegselephanten, als er das Casino ins Visier genommen. Die Leute dort zitterten schon vor dem Funkenflugexperten-wer einen Funken einschätzen konnte, wohin er flog und welchen Brand er entfachte, der wußte auch, wohin die Roulettekugel rollte oder welche Karte vom Stapel glitt, um dem Spieler dann zu gehören. Dort ging er hin, dort flog er hin, flog er wie die Motte zum Licht, und viele folgten dem Weg, denn die Casinos waren immer am hellsten, und sie übertrafen selbst die beleuchteten Kästen, in denen die Fische erschwammen, die Zitteraale und die Muränen. Der Roulettetisch war wie eine flammende Schale, wie ein Feuer, in dem sich ein einzelner Funke löste, um in kreisrunden Bahnen einen Platz dann zu finden, sich zu betten, zu ruhen, wie für die Ewigkeit. Der Meister aller fliegenden Dinge, waren es

Funken, Tennisbälle oder Roulettekugeln, brauchte nicht wirklich lange zuzusehen, um den Dreh herauszubekommen- der Tisch war es, der den Dreh längst herausgefunden, und er drehte sich so, wie es Victor Vinci am besten dann paßte. Der Meister der Funken und des Glückes hatte sich einen Haufen Spielchips besorgt, diese gesetzt und mit der ersten Drehung des mit ihm verbundenen Tisches und der Hand des mit ihm verbundenen Schicksals gleich erheblich und deutlich vermehrt. Die Farbenpracht seines Jetonberges hatte gewaltig zugenommen, als hätte ein Graupapagei plötzlich Besuch erhalten von allen entfernten Verwandten, die ein Papagei nur besitzen konnte. Victor Vinci hatte immer ein gutes Gefühl, und das gute Gefühl blieb hartnäckig an seiner Seite wie ein Verwandter, der sich etwas von ihm erhoffte; auch dann noch, als allen anderen im Casino Glück und Chips vor ein Erschießungskommando gestellt worden waren und auf einer Totenbahre aus ihrem Umfeld getragen zu werden geruhten- das Glück konnte weiter sein Unwesen treiben, wenn es darum ging, den einstigen Tennisstar zu bereichern, und dieser raffte gerne all das Bunte zusammen, mit welchem ihn das Schicksal so überschüttete. Am Ende war er der einzige Gast weit und breit, der mit mehr Geld und dem dazugehörigen Lächeln auf den sehr breiten Lippen aus dem Casino zu entschwinden vermochte, und er freute sich darauf, dem Bren dann berichten zu dürfen und wieder dessen Fortschritten im Training beiwohnen zu können.

Die bizarrste Idee des Schicksals

Wie eine Woche strahlendster Frühlingstage eine Reminiszenz-an-den-Winter-Landschaft in ein blühendes Spektakel umzuverwandeln pflegte, so viele Fortschritte schien Bren in einer halben Woche an Training gemacht zu haben- er fühlte sich bereiter als bereit, nun dem ersten Gegner in die Augen zu blicken und ihn zu schlagen, und eine Reihe von Gegnern würde fallen auf seinem Weg ins Finale und zum Sieg des Turniers von Murena. In einem Traum sah Bren die kommenden Gegner wie Steinstatuen am Rande des Weges, die er nur umzustoßen brauchte, und jene hatten ohnehin auf einem wackligen Sockel gestanden. Wenn es nach dem Talent ging, nach der Klasse- Bren würde das Turnier auf jeden Fall gewinnen, und nachdem er die Verletzungen aus Rio Montaña auskuriert zu haben vermochte und er in einen Zustand geglitten war, in dem er sich wohlfühlte und stark zu sein wußte, da war ihm klar, er würde das Turnier wirklich gewinnen.

Er hatte alle guten Gefühle der Welt auf den ersten Turniertag hinübergerettet und hatte sie an Bord, als er, von der inneren Uhr rechtzeitig geweckt, im hohen, silbrigen Hotelbau gut versorgt, den Ufern des Tennispalastes entgegensteuerte. Die Muränen würden dort auf ihn warten, die Aale und Haie, und Murena würde ein erstes Mal losstaunen dürfen, wenn er seine Künste auf den Platz zaubern würde. Die Auslosung hatte einen Qualifikanten ergeben, den Bren vor zwei Tagen selbst beobachtet hatte und dessen Schwächen er sehr gut kannte. Das würde endlich einmal ein leichtes Weiterkommen bedeuten, ein leichtes Voranrücken in die nächsten Runden, und es würde so einfach gehen wie die Schere durch Papier, das Messer durch heiße Butter oder die Streitmacht Alexanders des Großen bis nach Indien. So stellte er sich das vor und sich in der Tat nichts in den Weg, als er mit dem von allen Mündern des Glückes geküßten Trainer sich in Richtung des Tores begeben, das alle Beteiligten willkommen hieß und ihnen mehr Prunk schenkte als jedes andere Turnier, bei dem sie bislang gewesen. Auf dem Weg war ein Blick zu erhaschen hinunter zu den Jachthäfen, wo die Schiffe schaukelten in einem aufkommenden Sturm. Das könnte vielleicht die einzige Sache werden, die einem Sieg heute im Wege stand: Sturm, Regen, und der Wetterbericht hatte dergleichen nicht ausschließen können, aber auch nicht ausdrücklich bestätigt, während auf einer gezeigten Tafel allerlei Angaben in Fahrenheit und Celsius einen Zahlensalat mit vielen Geschmacksrichtungen ergeben zu haben geruhten. Palmen in einem Botanischen Garten erwehten, erwehten stärker, sahen sich gebeugt von überdurchschnittlichen Böen. Bren besuchte die Muräne und ihren giftigen, tödlichen Blick, und er besuchte die Haie, um sich etwas abzuschauen von ihnen: ihre Gier, ihren Hunger, ihre Bissigkeit... Er war bissig und war bereit. Bereit und bissig, das Match zu gewinnen. Der türkisgrüne Platz war bereitet. Die Zuschauer warteten und waren gespannt. Victor Vinci begab sich auf die Tribüne, und Bren marschierte wie der König der Gladiatoren in die Arena und zeigte dem Kontrahenten mit bloßen Blicken bereits, wer hier der Sieger sein würde. Während des Einspielens begrüßte der Turnierdirektor, der sich diese Begegnung keineswegs entgehen zu lassen bereit war, einige Ehrengäste, deren Liste beachtlich war für ein Turnier dieser Kategorie, und begrüßte die Bucht einige Schwaden aus Regen, die mal grauviolett, mal türkisblau vom Horizont heranrobbten. Die Wetterfrösche des Turniers quakten Alarm, noch bevor Bren seinen ersten Aufschlag geschmettert. Das Spielfeld wurde abgedeckt und versteckt, und die Unken am Rande des Platzes erläuterten mit krötenwahnsinnigen Blicken, man hätte die Plätze doch überdachen müssen, und das wäre sinnvoller gewesen als das architektonisch eindrucksvolle Eingangstor oder ein Becken mit Haien und mit Muränen. Bren stand im Regen und wußte nicht, wann endete dieser, und wußte nicht, wann ging es weiter und konnte er endlich gewinnen. Der Turnierdirektor schloß sich mit einem Meteorologen kurz, und heraus kamen dabei ähnliche Blitze, wie sie im Aquarium mit den elektrischen Aalen zu erschauen sein wollten. Es rumpelte, und die Luft zitterte wie der Zitteraal; ein Gewitter hatte den ganzen Küstenstrich eingenommen, und Bren suchte mit Victor Vinci den Steinbogen auf, unter dem man trocken blieb, wenn nicht die Muräne spritzte mit dem Wasser aus ihrem unergründlichen Reich. *Klassizistische Steinbögen sollst du suchen-* war das ein Spruch, den man bei Gewittern sich sagte? Auf jeden Fall hielten sich alle daran, und Bren ärgerte sich ein wenig, daß sein Gegner noch immer dabeiwar, noch immer im Turnier verblieben, und um diese Zeit hätte er ihn längst vom Platz gefegt haben müssen, wie er es anfangs geplant. Aber niemandes Planungen fanden an diesem Tage Erfüllung, und was als ein Schauer begonnen, das wurde ein Dauerregen, und der Dauerregen war und blieb begleitet von einer Front an Gewittern, an denen sich Bren gern ein Beispiel genommen, um auch auf dem Platz aufzutreten wie solche Naturgewalt. Mit der Zeit zog sich der Pulk wieder auseinander, waren nicht alle zusammengepfercht unter dem Bogen aus Stein, sondern wurden Plätze aufgesucht, die provisorische Regendächer den Besuchern und Spielern so boten. Bren durfte nicht wie angewurzelt auf einem Platz stehen, und er mußte in Bewegung bleiben, mußte aufgewärmt bleiben, um dann zuschlagen zu können, blitzartig bereit sein zu können, wenn das Spiel anberaumt, die Fortsetzung dessen, was noch gar nicht begonnen. Und für wie einfallsreich Bren das Schicksal auch bislang gehalten hatte- jetzt kam die bizarrste Idee, die es sich je hatte einfallen lassen: Bren machte eine kleine Wanderung über das Areal, eine kleine Wanderung durch den Regen, und es blitzte. Der Leser irrt sich gewaltig, wenn er glaubt, der Blitz hätte Bren treffen können, denn da paßte er gut auf, daß er sich bei höheren Bauten aufhielt, so daß er nicht getroffen zu werden vermochte. Nein, es ging alles viel einfacher: Der Blitz schlug in eine Palme ein, die Palme stürzte um und zerschlug ein Aquarium mit vielen Zitteraalen, und die Zitteraale flogen zitternd auf Bren zu und verpaßten ihm einen elektrischen Schlag.

Bren erwachte aus etwas Seltsamem, und auch die Bewußtlosigkeiten wußten sich noch zu steigern in bizarren Ausformungen; immerhin durfte Bren nun erfahren, daß in Murena nicht nur die Tennisanlagen und die silbern glänzenden Hotels mit allerlei Luxus aufzuwarten vermochten, sondern auch die Kliniken gut ausgestattet waren. Bren sollte eine Zeitlang unter Beobachtung bleiben, so riet ihm ein Arzt, der einen anderen Akzent hatte als die letzten Ärzte, aber eine seltsame Ähnlichkeit in seiner als Wiederholung erschienenen Miene. Das Turnier in der Stadt der Muränen, oh Zitteraal!, war mit dieser Miene schon wieder beendet...

Rostende Ritter und ein Monstrum von Fluß

Wie ein Gespenst war Bren auf dem Weg zu dem nächsten Turnier; es war eine lange Busfahrt, die er diesmal, flankiert von Victor Vinci und einer Landschaft, die viel Abwechslung bot, auf sich zu nehmen bereit war- der nächste Turnierort war auch allzu schlecht zu erreichen mit einem Flugzeug oder einem ähnlich schnellen Vehikel.

Waren alle Gegenden grünend und blühend gewesen wie der Frühling in Person oder ein Lustgarten Eden, so trat an die Stelle des Grünens und Blühens eine Dusterkeit, als man Ritterbrücken erreicht hatte, einen zwischen burgruinenbesudelten Steilfelsen eingepferchten Ort, der mittelalterlichen Charme mit geisterhafter Unheimlichkeit vereinte und allem Blühen und Grünen ein Ende zu setzen bereit war. Immerhin war eine, wenn auch die Enge aller Gassen fortsetzende, kleine Sportanlage an einem rauschenden, grau-weißen Fluß zu erspähen, wo ein beschauliches, kleines Turnier stattfinden würde, ein kleineres, als man zuletzt besucht, aber Bren brauchte auch in erster Linie einmal einen Turniersieg, und da war dies ein einfacher Ort, um heranzukommen an einen. Und Aquarien waren nirgends zu sehen, und Zitteraale gab es hier keine, und tropische Fliegen und Mücken tummelten sich auch nicht in dem empfindlich kühlen Ambiente. Der Bus hielt auf einem steinigen Pflaster vor einem Posthotel, das mit Posthörnern mehr noch gesegnet war als die Engel im Himmel mit ihren Trompeten und Harfen. Die dicke, steinerne Außenmauer, die das Hotel als einstige Festung ausweisen wollte, war mit einer Vielzahl an Nischen versehen, und die Nischen gefielen sich darin, mit Ritterrüstungen ausgefüllt sich zu sehen, und aus einer Turmuhr kam auch ein uralter Ritter klapprig heraus, um mit einer Kette zu rasseln- oder es war das Burggespenst höchstpersönlich. Eindrucksvoll war diese Umgebung und irgendwie furchteinflößend. Bren huschte schnell ins Hotel, um nicht Gefahr zu laufen, draußen von einer herabfallenden Rüstung getroffen zu werden, und das sähe jemandem ähnlich, der sich immer den Funken auszusuchen geruhte, der im Tümpel seine Landung dann zelebrierte. Hier in Ritterbrücken gab es deftiges Essen sowohl im Hotel als auch in jedem Lokal, dessen urige Stube hinter dickglasigen, gelben oder grünen Fenstern mit schroffen und wuchtigen Fensterkreuzen residierte. Hier in Ritterbrücken gab es die engsten und schmalsten und dabei brachialsten und festesten Brücken, die man sich vorstellen konnte; und immer donnerte der Fluß mit Getöse darunter, als müsse er sich wehren gegen die Eingeengtheit, mit der er hier seit langen Jahren gepeinigt. Ja, Ritterbrücken hatte dies und hatte jenes, aber für Bren hatte das Städtchen vor allem eines: ein Tennisturnier, das er gewinnen wollte, ein Tennisturnier, das er gewinnen mußte, ein Tennisturnier, das er um jeden Preis gewinnen mußte. Bren verlor nicht viel Zeit und inspizierte die Anlage und stellte mit seinem Trainer einen Plan zusammen, wie er sich bestens vorzubereiten vermochte, um in Höchstform in das Turnier zu gehen und in diesem wirklich zu siegen. Der Plan sah gut aus, aber nicht immer sah das Wetter gut aus dafür, denn es gab kaum einen Tag, ja, kaum eine Stunde, an dem oder zu welcher man nicht finsterschwarze Wolken erblickte an dem winzigen Ausschnitt von Himmel, den die Felsen, die das Korsett um den Ort eng geschnürt, noch zum Beblicken gelassen. Und die Zeit der Vorbereitung auf das Turnier war geprägt von zwangsläufig vorgenommener Völlerei, weil es leichtere Speisen nicht gab, und war geprägt von Rüstungen und Rittern, die überall lauerten, und war geprägt von der Dunkelheit und der Tristesse eines Städtchens, in dem alle Blumentröge noch leer und wo nichts zu gedeihen schien in den dunklen Stunden der Nacht und den dunklen Stunden der nachtähnlichen Tage.

Der erste Turniertag fiel ins Wasser; der ohnehin schon rauschende Fluß durch die Enge des Tales verwandelte sich in ein reißendes Etwas, dem nur die stärksten der Brücken standzuhalten vermochten, und überall ergossen sich Bächlein in die uralten Gassen und bildeten sich Lachen und Pfützen- immerhin, kein Zitteraal soweit zu sehen, und das war eine gute Nachricht. Aber die Ritterrüstungen rosteten vor sich hin in den Nischen, und Bren ging jeden nur denkbaren Umweg, um auszuschließen, von einer Rüstung erschlagen zu werden, die irgendwo aus der Hauswand dann kam. Es galt, einen zweiten Tag abzuwarten, an dem der Regen dann hoffentlich nachließ und auch einmal enden wollte. Bren fühlte sich bereit, auch wenn er die fülligen Mahlzeiten des Ortes nicht sonderlich schätzte, wenn es darum ging, sich für ein Tennismatch vorzubereiten. Aber es gab hier nichts anderes, und so mußte er sich abfinden mit der hiesigen Küche.

Am zweiten Turniertag hatte der Regen nachgelassen; Bren, sekundiert wieder von seinem allgegenwärtigen Trainer, der auch dem Flair dieses Platzes viel Positives abzugewinnen bereit war, schlich und schlurfte, schwer wie ein Stein von Regen und Essen, durch die mit Pfützen immer noch übersäten Gassen von Ritterbrücken, wo wie herbstgebleichte Tannennadeln einen Zusatzteppich noch bildeten und immerhin einen Sturz abfangen würden, damit man nicht auf das Pflaster knallte, das hart war und steinern im wahrsten Sinne dieser Bezeichnung. Bren und sein Trainer kamen wieder dorthin, wo der Fluß zu einem Monster geworden war, als habe in den Bergen und Felsen ein verrückter Wissenschaftler dieses Monstrum erschaffen, dieses Ungeheuer, das jetzt mit brachialer Gewalt durch die Täler schoß, alles mit sich riß und sich vom Blut der Lebenden zu ernähren versuchte- der Versuch schien gelungen, denn da war schon ein Mädchen im Fluß gelandet, das eifrig um Hilfe nun schrie. Bren und Victor Vinci machten aus, woher die Schreie gekommen, und sie wollten die Schreiende an der Brücke abfangen können, einem gebogenen Kunstwerk aus wuchtigem Stein, das aber nicht breit genug war, um einem Automobil eine Überfahrt zu ermöglichen. Bren hatte einen Tennisschläger dabei und hielt diesen von der Brücke nach unten.

„Halten Sie sich fest daran!" schrie er an gegen den tosenden Lärm des riesigen Flusses, der in ein winziges Bett hier gezwängt und welcher schnell unterwegs war und reißend. Bren hatte laut geschrieen und wiederholte seine Anweisung nochmals so laut, wie er konnte, und er hoffte, die Einheimische würde es verstanden haben können, und sie würde sich festhalten am Tennisschläger, den wiederum Bren festhielt, der wiederum von Victor Vinci, seinem Trainer, gehalten wurde. So war der Plan, und schief ging er. Das Mädchen hielt sich am Tennisschläger fest, während es vom Fluß festgehalten wurde, und Bren hielt den Tennisschläger fest, und Victor Vinci, aber, hatte nasse Hände, und Bren entflutschte ihm und hinab in die Fluten.

„Hilfe!" schrie Victor Vinci entsetzt, dem auch der Schock ins Gesicht geschrieben stand, so gut ihm auch alles gelang und so gut er auch alles erwartet. Immerhin stand in der Nähe, Glück sei Dank, ein Pferdefuhrwerk bereit, das er nutzen konnte, um mit einem ausgebildeten Pferdefuhrwerkfahrer hinter den Entschwimmenden herzujagen. Sofort wurden die Pferde in Gang gesetzt, aber der Fluß hatte schon mehr Schwung genommen, um Bren mit sich zu reißen. Bren hatte seinen Schläger, hatte das ertrinkende Mädchen, schnappte kurz nach Luft und war immerhin trainiert, wenn auch nicht gerade im Schwimmen. Aber Sauerstoff speicherte er viel und ertrank immerhin nicht. Aber hier und da bildeten schroffe Mauern, schroffe Felsen den Rand des dahinströmenden Nasses, und alles ging rasant, und hier und da konnte man anschlagen, sich verletzen, um das nächste Turnier zu verpassen. Bren versuchte das mit aller Macht zu vermeiden, und er mußte auch die junge Dame schützen, die sich in seine Arme begeben, mehr und mehr in seine Arme begeben, nachdem sie zunächst nur seinen Tennisschläger gepackt. Gerade dieser, aber, ging irgendwo verloren, hatte sich an einer Brücke verheddert und war nicht mehr zu retten, nachdem alle Saiten gerissen. Zunächst dachte Bren auch an ganz andere Dinge als das Spiel, das bevorstand, und erst einmal mußte er diese Floßpartie ohne Floß überleben. Er bekam kaum mit, was sich am Ufer tat, aber an einer Uferstraße trappelte schon die Rettung, die großspurig nahte, und das Pferdegespann konnte eine Abkürzung nehmen, wo sich der Fluß leicht verlangsamte, um sich am Ortsausgang in eine Kehre zu werfen, und da war noch eine Brücke, an der es Victor Vinci wieder versuchen wollte, eine Sperre aufzubauen, damit niemand weiterschwimmen mußte, niemand weiter fortgerissen werden konnte von dem unnachgiebigen Fluß, der noch lange ein enges Tal zu durchpeitschen pflegte, bevor er sich in breitere und aulastigere Formen begab. Es mußte einfach klappen, denn an Kondition mangelte es dem Fluß nicht, und damit würde das strömende Naß den Menschen überlegen sein und auch den von ihnen genutzten Pferden. Was hatte man alles, um die Treibenden aufzuhalten? stellte sich Victor Vinci als Frage- er glaubte an sein Glück, das ihm immer beigestanden, und so würde das Unterfangen schon klappen. Vertrauen in das Glück, Vertrauen darauf, daß die Funken des Lebens doch richtig erflogen- das war das Handwerkszeug, das Victor Vinci nun bei sich trug. Bren kämpfte indes auch, kämpfte zunächst wie auf verlorenem Posten, aber kämpfte wieder überzeugter, als der Fluß kurz das Tempo zu verringern erlaubte... Aber wie schnell ging es dann plötzlich weiter! Bren wurde von einer Welle gepackt und gegen irgend etwas geschleudert, von dem er glaubte, es breche ihm alle Knochen und blase ihm die Lebenslichter aus. Dann war Victor Vinci zur Stelle und konnte Bren und das Mädchen aus den Fluten befreien. Bren schnaufte, halbohnmächtig aber irgendwie noch am Leben. Victor Vinci übernahm gleich den Genuß, das Mädchen von Mund zu Mund zu beatmen, und er hatte damit Erfolg.

„Mein Retter, mein Held!“ jubelte das Mädchen und fiel dem Tennistrainer sofort um den Hals. Bren war zu kaputt, um das richtig wahrzunehmen, aber was er im Augenwinkel zu träumen glaubte, das rief doch ganz unwillkürlich ein Kopfschütteln bei ihm hervor. Irgend etwas hatte er gerammt, als er im Wasser getrieben, und seine Schlaghand schmerzte ganz ungeheuerlich, wie er merkte. Aber er war sich zu dem Zeitpunkt keineswegs sicher, was da passiert und geschehen, und er glaubte, eine Ritterrüstung sei auf ihn draufgefallen...

Von der Tristesse

Es war noch immer in der trüben Enge von Ritterbrücken, wo es sich abspielte; Bren wurde untersucht von einem hiesigen Mediziner und erhielt ein Tennisverbot für eine Woche, nachdem er das erste Spiel des Turniers schon verpaßt und nicht munter genug gewesen, um wahrzunehmen, daß er es wirklich verpaßte. Prellungen an Hand und Arm, eine Platzwunde zu allem Überfluß, das hatte er diesmal davongetragen, als er einen Spielort eines Tennisturniers aufgesucht. Immerhin hatte es keine Haie gegeben im Fluß, immerhin keine Zitteraale- als ob das ein Fortschritt wäre! Und, ach ja, eine Wiederholung war noch zu vermelden, und nicht nur das Aussehen des Arztes, der bizarrerweise auch in dieser ganz anderen Gegend Ähnlichkeiten aufwies zu vorangegangenen Ärzten- man versicherte Bren wieder einmal, er habe großes Glück gehabt, daß er nicht umgekommen war in dem reißenden Fluß, der gar versucht hatte, die Brücken des

Städtchens mit sich zu nehmen. Bren fiel es schwer, das große Glück einzusehen, denn was hatte der Funke von seinem Glück, wenn er nicht weiter glimmen konnte, sondern im Tümpel versank und erloschen war für alle noch kommende Zeit? Bren hatte wieder einen Turnierort zu verlassen, ohne ein Spiel bestritten zu haben, ohne ein Spiel gewonnen zu haben, ohne auch nur ein Pünktchen gesammelt zu haben für das Elysium aller Eichhörnchen- die Weltrangliste, in der sich Punkt um Punkt ansammeln sollte, aber so rutschte der Tennisstern am Firmament der Zukunft weiter nach unten und abwärts. Mit dem Verlassen des Turnierortes mußte er sich dann aber doch noch ein Häuflein Momente gedulden, denn eine Brücke war fortgeschwemmt worden, nicht hier, aber am Ausgang des Tales, und so fuhr der Bus einige Tage lang nicht. Dies kam Victor Vinci sehr gelegen, denn das gerettete Mädchen mußte sich noch bei ihm für die Heldentat bedanken, und die gesamte Familie des Mädchens mußte sich noch bei ihm für die Heldentat bedanken, und Victor Vinci wurde mit Geschenken überschüttet und mit guten Taten, die ihm den Aufenthalt honiggleich und zuckerzart versüßten. Bren hatte nicht dieses Glück und mußte sich recht einsam durch die Tage von Ritterbrücken schlagen. Er traute sich jetzt aber, auch unter den Ritterrüstungen durchzumarschieren, denn es gab hier kein Spiel mehr, das er würde verpassen können, und so ging er davon aus, daß ihm hier nichts mehr zustieß, sondern erst wieder im nächsten Ort, an den er gelangte, um ein Turnier zu bestreiten, und der Funke von Ritterbrücken war ohnehin längst erloschen und brauchte das Schicksal nicht mehr herauszufordern. Bei seinen Spaziergängen durch die beengten Gassen der Stadt, und er konnte sie unternehmen, weil nur Hand und Arme lädiert waren von dem Aufprall auf die Felsen im Fluß, traf er aber viel Trägheit an, viel Trostlosigkeit, und es waren nur traurige Farben vertreten, von denen er baldmöglichst fliehen wollte, um nicht angesteckt zu werden von der Tristesse, zumindest nicht auf Dauer und nicht nachhaltig, damit er sich befreien konnte im nächsten Turnier und dort frei zu spielen vermochte, wenn die Hand und der Arm wieder verheilt. Traurig war Bren, doch der Abschiedszeremonie von Victor Vinci und der Familie, deren Tochter er gerettet zu haben die Ehre besaß (Bren kam es dennoch seltsam vor, denn er selbst war schließlich im Fluß gelandet, um das Mädchen zu retten), wohnte er nur aus der Distanz bei und erkannte dort weniger Trauer, als sich in ihn bereits eingegraben. Die Pferde wieherten zum Abschied, und Victor Vinci erhielt vom Bürgermeister der Stadt auch noch ein Dankeschön, daß er eine Bürgerin so tapfer gerettet. Bren kam sich noch mehr vor wie im falschen Film, aber diesen Film des Mittelalters, in dem er hier eine Zeitlang gefangen, wollte er endlich verlassen, und ein Bus wartete schon.

Die Reise erschien wie mit unbekanntem Ziel, und Bren fühlte sich nicht im Vollbesitz seiner Orientierung, was womöglich noch von dem Aufprall auf den Felsen im Fluß herrühren konnte oder von dem Stromschlag der Zitteraale oder von der Granatenexplosion oder von dem Insekt, das ihn mit seinem Giftstachel einstmals gestochen... Und es gab noch erschreckend vieles, worauf die Tatsache zu schieben war. Auf der Fahrt, jedenfalls, bekam Bren noch einen Zettel gereicht- seine Sponsoren kündigten alle Verträge, weil sie wütend waren, daß Bren zu lange kein Spiel mehr gewonnen. Welch eine Wegzehrung, die seinem reisenden Geiste da noch geschenkt!

Salat ohne Gottesanbeterin

Er war zurück, wohin er entfloh, wenn die Turnierwelt sich totgelaufen unter seinen Füßen oder in seinem nicht mehr so wach nun wirkenden Geiste; an diesem Ort, wo die ayersrock-farbenen Tennisplätze sich unter einem Teppich aus Stöhnen begruben, konnte er am besten und am ungestörtesten trainieren. Das Tennisspiel funktionierte, und er hatte es nicht verlernt. Aber in der Statistik tauchte, nach allem Unheil, das über ihn hereingebrochen wie über einen Funken in der Sturmflut, kein einziger Sieg auf, seit er sich zum letzten Mal fortbegeben von diesem Trainingscamp, von dem aus er losgezogen, um die Welt zu erobern und um bei Turnieren zu siegen, was er für selbstverständlich gehalten. Es war ein Ort, um sich zu sammeln, aber er wirkte soviel seelenloser als zuvor, nachdem Bren das Vertrauen in alles verloren- der Funkenflug des Lebens hatte ihm sehr zugesetzt, und es war ungerecht, jetzt auch noch die Sponsoren zu verlieren, nachdem er nur Pech gehabt, wenn auch gleich Unmengen von diesem. Ein Trainingsspielchen gewann er, und ein weiteres Trainingsspielchen gewann er auch. Mit der Hand, mit dem Arm- es schien alles in Ordnung damit... Er fühlte sich wieder bereit, ein Turnier zu spielen, er fühlte sich wieder bereit, ein Turnier zu gewinnen- wenn doch das Schicksal einen Funken wie ihn überhaupt hinließ zum Wald! Er war bereit, etwas Großes in Brand zu setzen, aber er war dazu auch schon zuletzt bereit gewesen und hatte immer eine Bruchlandung und Bauchlandung im einzigen Teich weit und breit stets erlitten. Selbst bei so einfachen Tätigkeiten, erinnerte er sich, wie sich zu stärken nach einer harten Einheit an Training- hier war es passiert, daß man seinem Trainer einen Salat mit Gottesanbeterin serviert gehabt hatte, und er selbst hatte nichts bekommen außer der Mißachtung durch eine ihn ignorierende Welt, für die er nur dann gut genug war, wenn es jemanden auszuwählen dann gab, dem irgend etwas passierte. Er setzte sich an den Tisch, an dem er zuletzt gesessen, vor Wochen, als die Gottesanbeterin damals serviert, und er bestellte sich einen Salat. Irgendwie hoffte er, es wäre nun alles verändert, und er bekäme auch eine Gottesanbeterin auf seinen Tisch- aber es durfte wohl nur einmal passiert sein in der Geschichte solcher Lokale, daß versehentlich eine serviert, und so war die Hoffnung nicht groß und erst recht die Wahrscheinlichkeit nicht. Aber Bren war doch angespannt, bangte, bangte, als hinge etwas davon ab, was man sein Leben nannte. Aber serviert wurde ihm ein Salat ohne Gottesanbeterin. Und das, obwohl er nicht ausdrücklich gebeten hatte um einen Salat ohne Gottesanbeterin. Er war enttäuscht, und noch hatte sich nichts geändert, und noch war er nicht in der Lage gewesen, den errettenden Funken zu beobachten, der einen Wald entzündet, der damit unrettbar verloren. Er war erzürnt darüber, und er wollte sich beim Ober beschweren... Victor Vinci kam aber derweil zurück von einem Ausflug mit einer jungen Tennisspielerin, die er vorhin erst kennengelernt, und er setzte sich zu Bren an den Tisch. Bren wollte eine Probe, wünschte eine Probe und wollte seinem Trainer auch einen Salat noch bestellen. Victor Vinci wußte jedoch nicht, was es damit auf sich hatte, und er zog dem Experiment rasch den Stöpsel, indem er erklärte, nur Kuchen zu wünschen, und so konnte Bren es nicht testen, ob dem Trainer wieder eine Gottesanbeterin serviert worden wäre in einer simplen und dafür wohl ungeeigneten Schüssel Salat. Und so konnte Bren mit einem Blick in seinen jede Gottesanbeterin der Welt vermissenden, vielblättrigen, grünen Salat nur feststellen: Es hatte sich nichts geändert... es hatte sich wohl gar nichts geändert...

Zwei Köpfe zum Schütteln

Was anstand- mit Hoffnungen verbunden und der Entschlossenheit, endlich zu einem Sieg nun zu kommen- war das Turnier von Bloetenborg; Bren, der nicht gewußt zu haben pflegte, was das Wort in der Landessprache zu bedeuten geruhte, hatte erwartet, die Stadt sei von Blüten durchzogen- nun, da er angekommen war, stellte er fest, die Stadt war von Blöden durchzogen. Durchaus zwar auch von Kanälen, auf denen von schläfrig dreinblickenden Polizeihunden besetzte Polizeiboote patrouillierten, und durchaus auch von ein paar Gärten, die immerhin Teiche mit Fontänen ihr eigen wußten, und durchaus auch von Opernhäusern, die an Bunker erinnerten, in denen die Armee früher die Granaten und viel Munition gelagert hatte, aber in allererster Linie von Blöden. Im Straßenverkehr hatte man höllischst (im teuflischsten Sinne der Aussage) aufzupassen, nicht ein Opfer von irgend etwas zu werden, was wie ein Unterseeboot auf Rädern durch die Straßen schoß, oder mit einem verschlafenen Einheimischen zusammenzustoßen. Bren wußte von seiner Affinität zu den unmöglichsten Unfällen, und so schloß er sich am besten im tennisclubnahen Hotel ein. Das einzige Ziel, das er diesmal besitzen mußte, war das, heil zum ersten Spiel zu gelangen, und wenn er das schaffte, dann war das Turnier so gut wie gewonnen. Er war allerdings mit seinem Trainer Victor Vinci in einem Hotel untergebracht, in dem man sich nicht so gut einschließen konnte, denn es hatte riesige Glasflächen und war wie ein überdimensionaler Wintergarten, den jemand für die letzte Weltausstellung in Bloetenborg konstruiert zu haben beliebte, die dann aber nicht an Bloetenborg vergeben worden war- wie Bren dachte, nur ein weiterer Beweis dafür, wie blöd man in Bloetenborg war. Blöderweise ertappte er sich aber immer wieder dabei, sich danach umzuschauen, was nun schiefgehen konnte, was nun passieren konnte, was nun Schlimmes geschehen konnte, denn er war es einfach gewohnt, daß irgend etwas passierte. Im Hotel, aber, detonierte keine Granate, und es schienen auch keine exotischen Insekten herumzuschwirren, und wenn er nicht in die Nähe des Kanals gelangte, dann würde er auch nicht in die Versuchung kommen, seinen Tennisschläger einer Ertrinkenden hinzuhalten, und wenn Victor Vinci darauf auswar, nackte Frauen in einem Duschraum zu betrachten, dann versuchte er einfach, einen Kilometer entfernt zu sein, und wenn ein Zitteraal irgendwo schwamm... Jetzt wurde er doch hellhörig und unsicher, denn Zitteraale konnte es geben, und Bloetenborg hatte blöderweise ein Meerwasseraquarium, welches sogar von Gästen dieses Hotels frequentiert zu werden geruhte. Bren nahm sich in acht vor den Zitteraalen wie auch vor jeder Muräne, die angeschleppt wurde von Touristen, die sich ein Mitbringsel in die Heimat vorstellten, wenn sie einen Besuch im Aquarium hinter sich hatten. Die Auslosung ergab wieder ein Erstrundenspiel gegen Monsun. Das letzte Mal hatte Bren ihn geschlagen, wenn auch in der Statistik etwas anderes auftauchen wollte. Diesmal konnte ihn Bren auch schlagen, und solange kein falscher Turnierarzt auftauchen würde, dann konnte Bren danach den Turniersieg erringen. Alles schien perfekt. Bren war bestens trainiert, und unverletzt war er auch- zum ersten Mal konnte er unverletzt in ein Turnier gehen.

In der Nacht vor dem ersten Spiel, aber, schlief Bren sehr schlecht; er träumte wieder und wieder von dem Funken im vermaledeiten Farmford, der ihm so deutlich vor Augen geführt, daß nur manche Menschen das Talent hatten, alles wie selbstverständlich zu Gold werden zu lassen, was sie ansahen, und für ihn alles zu Pech wurde, was er sich vornahm. Er hatte Alpträume von jenem Funken, den er geradezu mit den Blicken in den Untergang navigiert. Er fühlte sich etwas unausgeschlafen, als es am Morgen hieß, sich auf das Spiel vorzubereiten; Monsun hatte er dann und wann auch gesehen, und jenen hatte das Schicksal ins selbe Hotel auch geweht. Die große Glasfront hielt aber noch. Bren begab sich zum Frühstück- jetzt nur nichts Verdorbenes essen und nur nichts, was auf der Dopingliste zu stehen die Ehre besaß. Aber nichts dergleichen! Er hatte noch gar nicht bestellt, da kam schon die Bedienung, stolperte über ein anakondafarbenes Kabel, das dort überhaupt nichts zu suchen besaß, und schüttete die heißeste Suppe der Welt auf die Hände von Bren. Au! Die Suppe hatte offensichtlich noch immer gekocht und war extra zu dem Zweck, Bren kampfunfähig zu machen, sofort aus dem Kochtopf zu seinen Händen im Speisesaal geschossen worden... Es konnte sich um ein Komplott handeln, zumal der heutige Gegner im selben Hotel residierte, aber natürlich hatte es Insekten und dergleichen gegeben, die sich sicherlich nicht nach einem Komplott gerichtet, und wahrscheinlich hatte nur alles zu tun mit dem Funkenflug, der alles erklärte. Mit dem Funkenflug, an den Bren nicht mehr denken wollte. Mit dem *Funkenflug*, *Funkenflug*, *Funkenflug*, den Bren unbedingt aus seinem Kopf hämmern wollte. Bren brauchte kaltes Wasser, um seine Hände zu kühlen, und hier in dieser Gegend gab es Wasser im Überfluß, und überall floß Wasser, aber es war doch gerade keines zur Hand, als man es einmal, ein einziges Mal hier in Blödenburg brauchte! Jetzt glaubte Bren allerdings an ein Komplott. Besonders, als ihm auch noch heißes Wasser zur angeblichen Abkühlung über die brennenden Hände gegossen wurde. Und damit würde er den Schläger halten müssen. Und damit würde er den Ball schlagen müssen. Und damit mußte er einen Monsun besiegen. Er glaubte nicht, daß er deswegen das Spiel abzusagen haben würde, aber er glaubte auch nicht, daß es ihn nicht behinderte, was ihm hier am Frühstückstisch widerfahren. Apropos Frühstück- er bekam keines mehr, weil er nach der Behandlung seiner Hände sofort zum Tennisclub mußte. Aber er mußte stark genug sein, stark genug, um Monsun wieder zu schlagen, stark genug, um in die nächste Runde zu kommen, und bis dahin würde die Verletzung seiner Hand abgeklungen sein. Bren war entschlossen, jetzt erst recht seinen regnerischen Gegner zu schlagen. In einem Kleinbus mit Solarantrieb sollte er zum Tennisplatz kutschiert werden; Monsun, der das Glück besessen hatte, keine Suppe über die Hand geschüttet bekommen zu haben, war in einem solchen vorausgefahren. Da hatte noch die Morgensonne geschienen. Jetzt waren Wolken aufgezogen, und der Solarantrieb hatte den Geist aufgegeben. Bren konnte nur den Kopf schütteln, und er hätte zwei Köpfe zum Schütteln benötigt, um über den Funkenflug des Daseins sich verächtlich zu zeigen wie über das Blödenburg, in das er geraten.

Der Fahrer, der Hotel und Tennisclub gleichermaßen bediente, war ratlos und meinte, bei leichter Bewölkung ginge es sogar zumeist noch, aber Bren müsse wohl oder übel leider (immerhin hatte er schon seit geraumer Zeit nicht mehr das Wort *Señor* vernommen) zu Fuß gehen. Aber natürlich! Ein Tennisspieler konnte gerne zu Fuß gehen, wenn er ein laufintensives Spiel vor sich hatte. Und Bren wollte sich die Hoffnung auf die nächste Runde nun nicht verderben lassen, zumal er gut trainiert war, und das Problem waren auch nicht in erster Linie seine Füße, sondern vielmehr seine verbrühten Hände und Finger. Also lief er und hoffte, daß er ankam. Und dabei hatte er dem Straßenverkehr aus dem Weg gehen wollen, hier in Bloetenborg!

Vogel, Netzkante, Hand, Schläger...

Die Wolken hatten lange so ausgesehen, als könnte sich das Spiel noch verschieben, denn von schwarzen Wolken bis zum Regen war es ein ebenso kurzer Weg wie ein von einer mit Haus versehenen Schnecke auf dem Fußweg bis zu einem *Kkkrrrk-„Igitt!“*. Oder von einer Nacktschnecke auf dem Fußweg bis zu einem „Igitt!“, doch wirkte dies in der Wiedergabe nicht derart beeindruckend, wenn man auf ein *Kkkrrrk* verzichten mußte. Doch zu Spielbeginn war die Sonne ganz plötzlich herausgekommen, und das solarbetriebene Automobil konnte begeisterte Ehrenrunden um die Anlage drehen. Bren versuchte sich daran, den Schläger zu halten. Es war schwierig, und es schmerzte. Aber er mußte da durch. Wenn er nur nicht so enttäuscht worden wäre beim letzten Mal, da er all das überwunden und trotz all der Schmerzen gewonnen, und in der Statistik war es gewertet, als habe er aufgegeben. Monsun gewann unter den Blicken blöder Zuschauer und des Trainers Victor Vinci die Wahlmöglichkeit, und er ließ wieder den Bren mit dem ersten Aufschlag beginnen. Bren versuchte es so oder so, den Schläger zu halten, und es fühlte sich aber alles vollkommen falsch an, wie auch immer er den Schläger hielt. Er war im Moment ganz gefühlstaub in seiner halbverbundenen Hand. Er versuchte es, und schlug jedoch die ersten beiden Aufschläge dorthin, wohin sie partout nicht gehörten und keine Punkte brachten- zumindest nicht Bren, sondern nur seinem Gegner. Bren schaute sich seine Hand an, riß alle Bandagen herunter, weil er so einfach nicht spielen konnte. Es schmerzte danach zwar wieder mehr, aber er konnte den Schläger besser halten. Die nächsten Aufschläge gelangen ein klein wenig besser, aber die retournierten Bälle machten Bren große Probleme, und er war am Netz nicht präsent genug, um sie dort zu entschärfen, wo sie leichter entschärfbar noch waren, zumindest für ihn. Irgendwann lag Bren wieder zurück, und er ärgerte sich über seine Hand, ärgerte sich über die Suppe und ärgerte sich über den Schläger, mit dem er gar nicht zurechtkam. Wobei er sich immer wieder darüber ärgerte und nicht zwangsläufig in der genannten Reihenfolge Hand-Suppe-Schläger. Immer öfter ärgerte er sich auch über die Netzkante, die sich eine immer größere

Rolle erkämpfte und sich mit einer Statistenrolle nicht mehr zufriedengab und auch nicht damit, nur ein Wort im ganzen Stück sprechen zu dürfen. Bren haderte mit dem Glück, mit seiner Hand, mit der Netzkante, mit dem Schläger, den er zwischenzeitlich mehrmals ausgetauscht, und natürlich nicht zuletzt mit der Suppe, die in der Liste und Aufreihung von Gründen zum Ärgern niemals vergessen wurde. Irgendwann hatte Bren den ersten Satz knapp verloren, aber das war ihm zuletzt gegen denselben Gegner auch unterlaufen, und er konnte darauf vertrauen, daß er ein solches Spiel noch umzubiegen vermochte. Aber wie sehr ihm die Suppe doch zu schaffen machte! Er roch an seiner Hand, und seine Hand roch noch immer nach Suppe- als nächstes versuchte er beim Vorübergehen an Monsuns Atem zu riechen, ob jener eine solche Suppe vielleicht noch gegessen, weil jener sie vermutlich vor seinem Match noch bestellt. Aber da war keine Suppe zu erschnuppern, und Bren wurde höchstens schlecht davon. Er mußte sich wieder befreien von der Übelkeit, die ihn überkommen. Die Hand war voller Blasen. Die Blasen schienen noch mehr Übelkeit zu erschaffen, aber Bren mußte sich irgendwie durchkämpfen, und er brauchte diesen Sieg nach der langen, langen, langen Durststrecke. Er dachte an den Durst in San Cristobal del Mar, den er auch überstanden... Er dachte an den letzten Sieg gegen Monsun in Rio Montaña. Er wußte, daß er es schaffen konnte und daß er es schaffen mußte. Der zweite Satz begann gleich, und Bren brachte sich mental in die richtige Verfassung und feuerte sich selbst an. Victor Vinci auf der Tribüne wußte, daß das ein gutes Zeichen war. Dann streckte Bren die suppengeplagte Hand aus, um nach seinem Schläger zu greifen, und da saß ein riesengroßer Vogel, etwas dicker und üppiger als ein Kolkrabe, und pickte Bren in die Schlaghand. Au! Das war die einzige Sache der Welt, glaubte er, die auf der Liste noch gefehlt zu haben geruhte- nach einem Unfall mit Fischen, Zitteraalen, um genau zu sein, mußte es natürlich noch zu einem Zwischenfall mit einem Vogel kommen. Er würde die Suppe an der Hand gerochen haben, nahm Bren an, aber andererseits war ihm die ganze Welt nun zu schmerzverzerrt, um noch irgend etwas annehmen zu können. Ein paar Balljungen bekamen einen Lachkrampf, entschuldigten sich aber gleich wieder, nachdem der Oberschiedsrichter sie ermahnt zu haben beliebte. Bren mußte sich wieder behandeln lassen, und die Hand wurde von neuem bandagiert, und der Verletzte konnte nichts Gutes daran finden, daß der Vogel einige Brandblasen aufgepickt hatte, so daß es jetzt blutete. Suppe, Vogel, Hand, Gegner, Schläger, Netzkante, Vogel, Suppe, Vogel- Bren versuchte sich daran, eine neue Reihenfolge aufzustellen über Dinge, über die er sich ärgerte. Selbst dem Gegner kam es höchst merkwürdig vor, was Bren da dauernd passierte. Vogel, Suppe, Netzkante, Hand, Schläger, Gegner... Jetzt hatte Bren die Reihenfolge beisammen. Der solarbetriebene Kleinbus! Aber natürlich- nach allem, was geschehen war, hatte er ganz vergessen, sich noch anständig über den solarbetriebenen

Kleinbus zu ärgern. Dieser bekam vielleicht noch einen Platz zwischen dem Schläger und dem Gegner. Aber mit der Suppe und dem Vogel fing alles an, nein, zuerst mit dem Vogel, dann mit der Suppe, denn der Vogel schien ihm nach allem im Moment noch unmöglicher und noch unglaubwürdiger im Funkenflugschicksal des Lebens, als ihm die Suppe erschienen, so unglaublich jener Zwischenfall auch schon gewesen, der einzigartig war in der Geschichte des Tennisturniers. Desjenigen von Bloetenborg wohlgemerkt, denn nicht von allen Turnieren kannte Bren bereits die Geschichte. Bren schaute sich nach dem Vogel um und versuchte es, ein As zu schlagen- es gelang ihm, aber er wurde aufgeklärt darüber, daß der Gegner mit dem Aufschlag an der Reihe nun war, und Bren hatte das völlig übersehen. Das Publikum hatte aber durchaus Verständnis, da ein solcher Zwischenfall mit Vogel jeden aus dem Konzept gebracht hätte. Monsun schlug auf, und Bren fiel der Schläger aus der Hand. So funktionierte das nicht- er mußte wieder eine andere Variante sich einfallen lassen, um den Schläger zu halten. Bald hatte er sie gefunden, aber schon wieder lag er zurück. Und wie sehr die Hand schmerzte, das ließ sich kaum in Worten beschreiben- höllisch, teuflisch, dämonisch... Worte kamen höchstens in Frage, die von irgendwo dort unten kamen, wo Wesen hausten, die man als Mensch auf der Erde sich lieber nicht vorstellte. Jeder Schlag war qualvoll, und Bren mußte sich noch einmal behandeln lassen, nachdem er sich zu allem Überfluß auch noch im Netz verheddert. Er schaute sich vorsichtshalber nach weiteren Vögeln um, ob welche nahten. Dabei verpaßte er, wie ein Ball an ihm vorbeihuschte, und der Gegner hatte schon wieder gepunktet. Bren war verzweifelt, und ihm fiel wieder der Schläger aus der Hand. Irgendwie schmerzte die Hand, aber den Schläger vermochte er gar nicht zu fühlen- jener lag wie ein Fremdkörper darin, der aber dennoch nicht spürbar sein wollte, und so bekam Bren kein Gefühl für die Schläge, kein Gefühl für den Griff, kein Gefühl für den Ball, der sich wieder mit der Netzkante verbrüdert hatte, um Bren sehr zu ärgern. Bren stemmte sich gegen die Niederlage, aber ihm fiel wieder der Schläger aus der Hand, und der Rückstand vergrößerte sich. Beinahe war er schon uneinholbar. Bren riß sich wieder die Bandagen von seiner Hand, um den Schläger, wenn es auch ein ungewohnter Griff eines Schlägers schon war, besser und bestens zu halten, auch wenn es schwerer und schlimmer dann schmerzte. Aber blöderweise lief ihm dann schon wieder viel Blut hinab und tränkte den Ball, was dem Schiedsrichter nicht gefiel, und Bren mußte sich die Hand von neuem in Pflaster und in Verbände nun hüllen. Bei so vielen Verbänden, aber, wie war da ein Schläger zu halten? Es funktionierte nicht, und das Spiel ging entsetzlich verloren. Bren fabulierte auf dem Heimweg von einem Jagdgewehr, das er sich anschaffen wollte, um in Zukunft die Vögel zu schießen, die einem Tennisplatz nahten.

Vögel, vom Monsun bezwungen

Als wäre man selbst ein Vogel, erhob man sich wieder in die Luft; Victor Vinci war wach und munter und saß neben Bren, der zerfleischt wirkte, als seien alle Aasgeier der Erde gekommen, um seinen Leichnam zu zerpflücken, zu dem er geworden zu sein schien, seit er wieder dem Monsun unterlegen. Draußen flogen schwarze Vögel vorüber, verfehlten aber natürlich das Triebwerk des Flugzeugs, denn Victor Vincis Blikke waren es, die die Vögel zu begleiten beliebten, und sie geleiteten jedes federtragende Ungetüm sicher vorüber. Der Trainer machte sich keine Sorgen, aber Gedanken über das nächste Turnier, und er mußte seinen Schützling wiederaufbauen, der nicht nur einen Verband an den Händen nun trug, sondern auch eine verletzte Seele besaß seit den Unglücken, die ihm zuletzt widerfahren.

Der düsenbetriebene Vogel erreichte seinen Bestimmungsort, wo das Schicksal gleich wieder zupicken konnte- Bren war gierig, schnell das nächste Turnier nun zu spielen, um die Niederlage und die Erinnerung reichlich rasch auszumerzen, aber die Stadt, die man soeben erreicht, war gerade erschüttert worden von einem Terroranschlag, und die Tat der Rebellen hatte unverzüglich auch dazu geführt, daß das Turnier abgesagt. Chance vertan, dachte sich Bren, nein, Chance gar nicht erhalten. Wie konnte er jetzt all das verdrängen, was zu verdrängen er hatte, um von Qual und Pein befreit bald zu sein? Welch ein Glück, daß gerade im Nachbarland ein- wenn auch kleineres- Turnier noch stattzufinden pflegte, zu dem man ihn einlud. Die glückliche Fügung fügte das Glückliche mit dem Nützlichen und das Erfreuliche mit dem Notwendigen zusammen, und man bestieg wieder ein Flugzeug, und man flog wieder weiter, und als man im Nachbarland ankam, da war soeben auch ein Terroranschlag geschehen, so daß auch das nächste Turnier abgesagt war. Immerhin, dachte sich Bren in einem Anflug von Denken an halbvolle Gläser, gingen dem Schicksal so langsam die Ideen aus, wenn es zweimal hintereinander denselben Grund aufbot, um ein Turnier abzusagen, das Bren gebraucht hätte, dringend gebraucht hätte, um Selbstvertrauen und Stolz zu erhaschen. Erklärbar, natürlich, war auch alles dadurch, daß der zweite Anschlag ein Racheakt war, der dem ersten wie unwillkürlich gefolgt, aber Bren lechzte außerordentlich nach einem Zeichen, daß dieses Schicksal des unglücklichen und tümpelsuchenden Funkenflugs nicht mehr die Puste hatte, um länger noch zu dauern.

An Bren waren Flughäfen und Städte, Straßennetze und Gebäude irgendwie vorübergewischt worden wie halbe Träume und halbe Unwahrheiten; es mischte sich alles ins Unterbewußtsein, um dort ein Schattendasein zu führen. Irgendwo in der Nähe des Flughafens glaubte Bren ein seliges Stelenfeld oder steliges Seelenfeld eines postmodernen Post-mortem-Architekten gesichtet zu haben, aber dann entsann er sich, es mußte ein Trugbild gewesen sein und nur eine Abbildung seines eigenen Seelenlebens, wenn ihm der Seelenfunke so unkontrollierbar entflogen. Am anderen Ende der Welt wurde ein Turnier gespielt, aber dorthin kam er nicht mehr; plötzlich kam ein Monsun- diesmal kein Konkurrent auf dem Tennisplatz, sondern eine klimatische Besonderheit- und verwandelte das Rollfeld in einen Reißfluß, und die Flieger sagten alles Absagbare unsagbar grauenvoll ab, und Bren mußte sich ein Hotelzimmer nehmen, woneben sich Victor Vinci auch einquartierte, so daß Bren ausgehen konnte davon, daß der Zug eines weiteren Anschlags nicht das gesamte Hotel überrollen würde, denn dem Trainer passierte nie was. Bren hätte sich gewünscht, er hätte zu trainieren vermocht- die Tennisplätze, aber, waren vom Militär schnell gebraucht, um eine Basis dort zu schaffen, den nächsten Terror von der Stadt abzuhalten- unglücklich war dies für Bren, so unglücklich, wie es für den vielzitierten Funken gewesen, in den Tümpel, oh Leser, Sie wissen Bescheid...

Er saß im Hotel fest, und Victor Vinci wurde nebenbei ein Preis verliehen für eine große Sportlerkarriere, die einzigartig war auf der Welt und so weiter, und der Preis war nur rasch geschaffen, weil ein potentieller Träger grade im Land. Der Trainer nahm den Preis in Empfang, ganz glücklich und gerührt und mit dem Zufall im Bunde, daß die Straße zur Halle der Preisverleihung die einzige nichtüberschwemmte und der überfüllte Raum in der Innenstadt der einzige im Lande, den man nicht für anfällig hielt, was den Terror betraf. Bren wollte es sich nicht antun, diesen Triumph seines Trainers zu sehen, wie jener gefeiert wurde, während auf ihn der Schnabel des Unglücksraben einhackte und einhackte, und die zermürbende Kraft dieses pseudoornithologischen Traumgeschöpfes konnte unentwegt ihre schmerzende Wirkung entfalten. Am Abend zelebrierte der siegreiche Victor Vinci seine Rückkehr ins Hotel; alle beglückwünschten ihn zu dem Preis, der eine bizarre Skulptur umfaßte, die vom gesamten Personal innerhalb des mit scheinbaren Torbögen bemalten Gehäuses einer Hotelhalle bestaunt und bewundert wurde. Auch Bren spendete Glückwünsche, und seine Hände brannten aber längst, brannten darauf, wieder einen Schläger zu halten und Bälle zu schmettern, um siegreich dazustehen am Ende. Und um das zu tun, mußte der Unglücksrabe wieder die Flügel ausbreiten und wie ein hoffnungsvoller Funke über den Teich hinwegfliegen, einen Platz zu finden, um seinen Brand zu entfachen. Besonders brannte er darauf, wieder einen anderen Ort aufzusuchen, einen Ort am Rande des Regenbogens, wo ein Faß voller Chancen auf ihn wartete, eine Siegesserie endlich zu starten, die nicht mehr abreißen sollte. Aber hier war er traurig und naß im Monsun dieser Gegend, und nur Victor Vinci vermochte zu baden in Anerkennung und in seinem Preis wie in einem Faß voller Gold. Es gab in der Woche darauf dann Turniere, aber der Monsun hatte ihn nicht nur aus diesem geworfen, das nicht mehr stattfand, sondern ihm auch die Wege verbaut in das nächste Turnier, die Wege verbaut in die Woche, die hätte Chancen gebracht- aber die mit Namen von Fluggesellschaften sehr bunt bekritzelten Vögel hatten weiter zu ruhen, und die Startbahn stand noch immer unter dem Wasser und der Terminal noch unter dem Eindruck des Terrors, der hier und da heftig gewütet.

Palastgeschichten

Bren war ein Funke, der zum Abflug bereit; auf glühenden Kohlen erloderte er, und er wartete auf den Windhauch und auf einen Paten, der seinen Flug verfolgte, ob er unterging im Waldsee oder die Bäume in Brand setzen konnte.

Die Flugzeuge waren noch immer nicht bereit zum Abflug, und dem Tennistrainer war dies mehr als recht- plötzlich war ihm noch eine Einladung ins Haus geflattert, die ihm einen aufregenden Besuch eines Palastes bescherte, und er sprühte nur so vor Überredungsfunken, Bren zu diesem Besuch mitnehmen zu können, damit dieser einen angenehmeren Eindruck von dem Funkenflugplan dann besaß, den das Leben schon aufgestellt hatte. Bren reagierte mürrisch auf den Vorschlag, denn er hatte sich noch immer nicht davon befreien können, sich als Verlierer zu fühlen, was bedingt war durch die Abwesenheit eines Gefühls des Sieges. Außerdem war der Palast nicht nahe, und ein Wagen wollte Vinci und Schützling hier abholen, um beide über die Grenze zu bringen, wo dann der Palast gelegen- immerhin ergaben sich dort vielleicht weitere Chancen, ein Flugzeug bald zu ergattern, das Orte ansteuern wollte, wo wieder gelbe Bälle flogen und die bekannten Namen ihre Aufwartung machten, die Bren in die Liste seiner Gegner eintrug. Aber ein hoteleigenes Orakel sagte voraus, daß nicht alles so war, wie es schien, und wer wußte

schon, ob nicht hinter einer solchen Einladung eine Falle verborgen und etwas lauerte, was eine Entführung sein konnte... Victor Vinci winkte ab- „So etwas ist mir noch niemals passiert“, konnte er sagen. Bren war mit mehr Skepsis gesegnet oder gestraft, aber auch ohne exakte Erkenntnisse darüber, welche Karossen die Entführer stets nutzten, glaubte er erkennen zu können, daß der Wagen, der Victor Vinci und ihn nun abzuholen pflegte, kein solcher war, mit dem üblicherweise Entführungen stattfanden. In den Nichtentführungswagen stieg er bereitwillig ein und erlebte, wie der Chauffeur- gleich einer Gottesanbeterin im Salat- seinem Trainer huldigte; es konnte aber besser werden, und irgendwann, wenn es denn eine Gelegenheit gab, daß er noch ein Tennisspiel bestritt, dann würde Bren vielleicht auch eine Gottesanbeterin bekommen, egal, ob im Salat oder in einem Pudding.
Die Kilometer flogen unter den Reifen dahin wie bunte Schmetterlinge; und bunt wie Schmetterlinge war nach Aussage des Chauffeurs auch der Palast desjenigen, der unbedingt den größten Tennisspieler, den oftmals so siegreichen Victor Vinci, in sein Domizil zu laden gedacht. Die Landschaft auf dem Wege dorthin war auf eine gewisse Weise auch bunt, denn sie war abwechslungsreich, und es gab Armenviertel, auf die es ein wenig regnete, und es gab Villen, auf die es auch ein wenig regnete, und dazwischen war mal Sumpf und war mal Dschungel und waren mal Militärpatrouillen, die den Fahrer und die Insassen der noblen Karosse streng überprüften- Bren glaubte in einem Uniformier-

ten den Quappelbart wiederzuerkennen, aber er schüttelte diesen Gedanken hinfort, denn er war Humbug und Unsinn und vielleicht noch ein bißchen mehr. Irgendwann hatten die bunten Schmetterlinge der Landschaft wieder ihre Flügel gewechselt oder mit neuen Farben bepinselt, da fiel dem Bren und seinem Trainer noch eine Note in dem Gesehenen auf- die Militärpatrouillen, nämlich, hatten mit einemmal andere Uniformen, und einzig blieb gleich, daß wieder einer der Uniformierten den Bren an den Quappelbart erinnerte. Er dachte an den Funken, der im Teich erloschen- wahrscheinlich mußte er irgendwann einmal einen Zeitraum überstehen, ohne einen Quappelbart zu sichten, und schon würden auch die Funken richtig fliegen für ihn, würden Waldbrände entfachen und würden ihn von einer Welle des Sieges zur nächsten tragen, und Wellentäler gab es nicht mehr in jenem glorreichen Meer. Soviel die Träume- aber auch die Realität brachte etwas Traumhaftes mit sich...

Als zwischen den Silhouetten von urwaldhaften Baumriesen, die von wunderbarer Exotik waren, ein Palast mit Tausenden Höhlen, in denen Fenster versteckt sein konnten, und bizarren, mal braunen, bald purpurnen Dächern seine Aufwartung machte, da glaubten die Gäste in der Karosse unschwer gleich daran, ein Paradies vor sich zu haben; einem schmutzigen Schlagloch oblag es, die Besucher dieser Gegend in die Realität zurückzuschütteln. Irgendwo spritzte dreckiges Wasser. Aber in den Gärten und Parks, die von Pavillons durchsetzt waren wie auch von Vogelscheuchen, blühte so einiges

auch in der Nässe von viel Regen aus der letzten, vergangenen Zeit. Eine ganze Anlage von Palästen umschmiegte das schmucke Blühen, und Victor Vinci jubilierte, daß er es geschafft, hierher eingeladen zu werden. Bren war sich noch nicht so sicher, und er hätte lieber auf einem Tennisplatz gestanden, aber der nächste Tennisplatz, der nicht überschwemmt war, würde am anderen Ende der Welt gelegen sein, spie ein Eindruck eine solche Vermutung. Die Karosse hielt an, und ihre noblen Räder knirschten auf dem noblen Boden des Parks, wie überall auf der Welt irgendwelche Räder auf irgendeinem Boden nasser Steinchen zu knirschen vermochten. Der Gastgeber und Palastherr war etwas enttäuscht über den knirschenden Klang, wie ihm anzusehen war, aber er zeigte sich dann doch erfreut und begeistert, seinen Lieblingstennisspieler begrüßen zu dürfen und dessen Anhängsel, das angeblich auch einmal ein Tennisspieler werden würde- auf jeden Fall kündigte Victor Vinci seinen Schützling als das größte Talent im Tennissport an, und so wurde auch Bren ein gewisses Wohlwollen entgegengebracht. Diener waren bereit, auch Brens Koffer in den Palast zu tragen, aber Bren mußte bekanntgeben, gar keine Koffer mehr zu besitzen, und all jene hatte immer noch das Schwarze Loch einer Fluggesellschaft einbehalten.
Die Palasträume waren herrlich; sie waren herrlich und waren herrschaftlich; bunte Stoffe überzogen einfach alles, alle Wände, alle Möbel, alle Fensterrahmen; draußen tropfte es noch an den Fenstern, und das Pochen der Tropfen hallte

noch eine ganze Weile durch die sehr großzügigen Räume, die der prunkvolle Palast auch den Gästen darbot. Es war eine einzigartige Atmosphäre, und ähnlich zu beschreiben war auch die Atmosphäre, als man am Abend mit dem Palastherrn zusammensaß, etwas speiste, was Bren wenig bekam, aber von Victor Vinci begeistertst genossen wurde, und der Palastherr wollte alles über das Leben von Victor Vinci erfahren. Der Tennistrainer fühlte sich sehr geschmeichelt, daß er als eine so interessante Persönlichkeit gehandelt wurde, und er erzählte gerne aus seinem Leben... Angefangen bei seinen Anfängen, dann von seinen Turniersiegen, seinen ersten Turniersiegen, seinen späteren Turniersiegen, seinen ständigen Turniersiegen, die mal so und mal so zustande gekommen, und Bren versuchte genau zu lauschen, um herauszufinden, wie er es anstellte, auch so erfolgreich zu werden-ihm kam es aber, je öfter er die Geschichten hörte, immer mehr derart vor, als habe es sich bei alledem nur um Zufall gehandelt, daß Victor Vinci Siege errungen und Turniere gewonnen und den Platz an der Weltranglistensonne einstmals ergattert, und diesen Zufall konnte er schwer nur kopieren, es sei denn, er lernte es endlich, auf die richtigen Funken zu setzen, die am Ende den Brand eines Waldes einbrachten. Er lauschte genau, und ihm fiel auf, daß Victor Vincis Gegner oft genau das widerfahren war, was Bren passiert war, und Victor Vinci war häufig als kampfloser Sieger dann festgestanden; Bren überlegte sich, wie er das schaffte, denn er konnte doch nicht absichtlich die Verletzung der Gegner herbeiführen oder deren Verhaftung oder deren Verschwinden-er brauchte es aber nicht, dachte er sich auch, denn er war immer der bessere Spieler, wenn er denn in der richtigen Form war und unverletzt auf dem Platz stand, und er mußte einzig es schaffen, daß es ihm selbst nicht mehr passierte, was ihm zuletzt immer passiert, weil er den Funkenflug und dessen geheimnisumwobenes Rätsel für sich selbst noch längst nicht entschlüsselt.

Der Palastherr war eindrucksvoll. Der Palastherr war eine wirkliche Persönlichkeit. Der Palastherr war wirklich eine eindrucksvolle Persönlichkeit. Auch der Palastherr erzählte, wie er von seinem Vater viel geerbt und viel übernommen, wie er aus einer endlos langen Dynastie entstammte, aber wie er auch ungeheuer viel zusätzlich aufgebaut hatte, mehr Macht und mehr Einfluß in einer solchen Zeit errungen hatte, in der Leute wie er eher als Anachronismus verstanden. Aber zugleich verwies er immer auf die Geschichte, die Geschichte der Familie, die Geschichte des Palastes, und Tempelanlagen gab es ringsum, deren Alter fern jeder Schätzung.

„In diesen Tempeln leben auch noch viele Menschen, viele Gläubige, die Mönche und auch die Gottesanbeterinnen...“, erläuterte der Palastherr.

„Damit kennt sich mein Trainer aus“, mußte Bren dazu anmerken, „er bekommt immer welche serviert...“

Der Palastherr verstand nicht ganz, aber vielleicht lag es auch am Regen, der immer noch lauthals fiel und einen Choral aus

Plätschern und Rauschen vor die offenen Fenster zauberte, durch die schwülnasse Luft hereinzusprühen geruhte.

Gottesanbeterinnen und Tempelnixen

Dem nächsten Tag wurden zwei Vorurteile entgegengebracht: daß er weiteren Regen bringen würde und daß Victor Vinci von Gottesanbeterinnen und dergleichen wieder einmal gehuldigt werden würde an diesem. Der Tag, immerhin, verblüffte dadurch, daß er dem ersten der beiden Vorurteile nicht die Ehre gewährte, sich in eine wahrhaftig zu beobachtende Tatsache zu verwandeln- das zweite Vorurteil, hingegen, galt als eine sichere Wette.

Wie ein göttlich freudiger Funke zum Wald orientierte sich Victor Vinci zu den Tempelanlagen, die auf dem großzügigen Areal der prachtumflorten Paläste ihrer Existenz frönten; trotz einer Vielzahl an Pfützen und regelrechten Seen schaffte es der glückliche Funke, ohne nasse Füße zu den Bauten zu gelangen, die sich bienenwabig bis zackig in das hellgelbgraue Firmament emporschraubten... Daneben lebten Bäume, die den Tempeln den Anschein verliehen, als habe der Dschungel sie ganz und gar schon erobert; aber so unkontrolliert durfte sich der Dschungel hier doch nicht fühlen, sosehr ihn die Lawine an Regen auch wieder zurückverwandelt in ein schlammiges Land, das der Zivilisation ein klares Zeichen zu geben schien, wo sie zu enden hatte an diesem Platz.

Victor Vinci wandelte durch diese Landschaft, wie er durch jede Landschaft zu wandeln beliebte- siegesgewiß, glücksgewiß, denn er kannte alles, den Flug der Funken, den auch stets glücklichen Fall der sanften Regentropfen, und ihm fiel alles zu, was man als *Erfolg* bezeichnen konnte, als *Glück* und als *Freude*. Eine Pforte durchschritt er, oder er glitt hindurch auf den Wogen seiner Glücksgewißheit, und wann immer er durch eine Pforte trat, da gelangte er in ein Land, in dem Milch und Honig flossen, und so begrüßte ihn eine strahlende Buntheit, und gerade kam ein Fünkchen Sonnenlicht herein durch die noch feuchten Äste und Zweige der exotisch erprahlenden Bäume, und berührt wurden nasseste Blüten von glitzerfreudigstem Licht, und jeder Tropfen, der übrig von dem langen und heftigen Regen, brillierte im Glanz aller Regenbögen. Das Wasser in einem Becken, indes, war angeschwollen wie etwas Unaussprechliches, als Victor Vinci in dem berauschend erblitzenden Teich einige Schönheiten sah, die sich splitternackt mit langen, schwarzen, klatschnassen Haaren an Schwimmzügen übten. Manche tauchten mal hier und da unter und ganz nah wieder auf, und der Tennistrainer bekam mehr bezaubernde Mädchenknospen zu sehen als Blüten, welche triefend das Teichreich umgaben. Von der prachtprahlenden Architektur der bizarr-schönen Tempel sprach derweil kein Gedanke mehr in den aufgeregt tuschelnden Hirnwindungen des verzauberten Betrachters dieses kamasutrischen Schauspiels. Das überschwellende Becken hatte ein Wasser, das im Schatten der Bäume matt und bräunlich wirkte, aber überall dort, wo es getroffen wurde von einer durch die Wolkenschluchten hereinbrechenden Sonnenwucht, wie ein gleißendes Schillern, das gerne hüpfte und sich in die Formen von Seepferdchen goß. Victor Vinci fühlte sich auch wie bei einem Ritt auf den Seepferdchen und nahm eine Einladung der ihn darum bittenden Tempelnixen an und stieg auch in das sanfte und samtwarme Naß, wo ihn die Gottesanbeterinnen aus nächster Nähe verwöhnten. Und um diesen Schauplatz herum wogten die Wälder wie undurchdringlichste Wände, und ihr Grün war von wallender Macht, und ihr Blühen lockte die Tiere, die mannigfaltig zu erflattern begannen, nachdem die Sonne sie wiedererweckt zu einem frohlockenden Leben. Victor Vinci planschte, als wäre er wieder ein Kind, aber die Küsse, die er austauschte mit hiesigen Frauen, mit Tempelschönheiten und badenden Träumen, die waren nicht kindlich, und kindlich und unschuldig waren nicht die Berührungen, die Victor Vinci gerne verteilte, und es stellten sich viele hier zur Verfügung, die ihn anbeteten und welche ihre Körper ganz und gar gaben, um den Gast glücklich zu wissen. Ein schöner, geschmackvoller Teint, ein Aroma auf der Zunge, die in der Tat lieber Brüste beschleckte, als Tennisbälle zu lecken, Augen, die glitzerten, funkelten, Leuchten waren, pures Leuchten, Haare, lang und seidig, und all das war nicht nur einmal vorhanden, sondern es war wie ein Teppich, der auf dem Wasser schwamm, das Algen nur kannte in Form solcher Frauen... Und Victor Vinci genoß dieses Lustmahl inmitten der Tempel, die einen Rahmen boten aus zierender Schönheit. Und eine Insel, bloß aus Blüten, kam angeschwommen; Victor Vinci sah keinen Anlaß, denken zu müssen, er wäre noch nicht im absoluten, vollkommenen Paradies. Und die Blüten schwammen auf den Frauenkörpern dahin, über die Rippen, um an den Klippen der Brüste steckenzubleiben, den hervorsprießendsten, kontrastreich dunklen Gipfel rammend, der wie ein Fels in der Brandung alles auffing- die Blüten, die Blicke, die sich endlos wohl fühlenden Blicke... Der Trainer ließ auch seine Finger immer wieder zu diesen Felsen gleiten, die sich als warm entpuppten und doch sogleich erhärtet waren von der Macht der Wollust, angestachelt von einem perfekten Ambiente, vom Glück des Augenblicks. Victor Vinci fühlte sich leicht wie ein Blütenblatt auf den zartsanften Wogen des samtweich liebkosenden Teiches, und er fühlte sich frei von aller Last, aber so fühlte er sich immer- aber hier war es um so klarer, daß man sich nur so fühlen konnte und gar nicht anders. Die Augen jeder Badenden waren Perlen, und der Tennistrainer badete damit in Reichtum, in unendlichem Reichtum, und er kannte keinen Schatz der Welt, der dies aufwiegen konnte, womit er in diesen Momenten beschenkt.

Es hieß, daß jeder Traum einmal enden müsse; Victor Vincis Träume trafen aber nicht nur schneller ein und einfacher ein und automatischer ein als die Träume aller anderen Menschen, sondern zeichneten sich auch dadurch aus, daß sie später oder vielleicht sogar doch nie endeten, und der Träumende hatte die Gabe, während dieser Träume nie an ihr En-

de denken zu müssen, und er konnte jeden Augenblick auskosten, wie es kein anderer Funke auf der Welt konnte, der doch wissen würde, daß er irgendwann mal verglüht.
Da jede Medaille eine Kehrseite hatte, mußte auch diese eine besitzen- das Schicksal, in dem Victor Vinci so gerne vom Paradies liebkost zu werden geruhte, wollte es aber so, daß die Kehrseite genau dieser Medaille nicht mehr den Trainer betraf, sondern nur dessen Schützling; es war nicht so, daß es Bren schlecht ergangen wäre in dem Palast, aber pflichtbewußt trainierte er seinen Schlagarm und ergab er sich in die Vorbereitung auf sein nächstes Turnier, und er mißtröstete sich lediglich mit der Tatsache, daß er genau zu wissen vermochte, daß Victor Vinci von allen Gottesanbeterinnen der Welt noch immer angebetet wurde, obwohl Bren es war, der alle Arbeit nun tat und hart und streng kämpfte, um ein besserer Spieler zu werden.

Mit Kanonen auf Katzen geschossen

Der Terror, der in den Köpfen Enttäuschter und Verzweifelter geboren, war einstweilen erloschen wie auch der Terror, den ein amoklaufender Monsun mit Regen und Regen und noch mehr Regen hier hinterlassen; Bren und sein Trainer waren wieder unterwegs und flogen wieder wie zwei Funken, die wie aus dem gleichen Feuer gemacht und doch mit unterschiedlichster Wirkung gesegnet, was ihre Umwelt betraf.
Als Victor Vinci mit seinen wohligen Erinnerungen und seinen wohlbehüteten Koffern und Bren mit seinem Kampf-

geist und doch keiner weiteren Habseligkeit in Lesdéblais landeten, lockte das nächste Turnier, und Bren war Tatendrang und Entschlossenheit und aber doch verärgert darüber, daß er erstmals seit langer Zeit wieder in eine Qualifikationsrunde mußte, da die letzten unsäglichen Ergebnisse ihm einen erdrutschartigen Absturz in der Weltrangliste beschert. Als er die schlaglochbesäumte, mülldufbeflorte Promenade von Lesdéblais entlangflanierte, da spürte er richtig, wie er durch die Trümmer dessen watete, was er am Anfang des Jahres sich sorgfältig erträumt und erarbeitet zu haben geglaubt. Alles hatte ausgesehen danach, daß es mit ihm raketengleich bergauf zu gehen beliebte, und stattdessen war sein Stern gesunken in einen Teich, der sein Licht schnell gelöscht. Er hatte versucht, dies zu begreifen, und er hoffte nur, daß er nicht noch begreifen mußte, daß daran gar nichts zu ändern war. Er hatte immer und ständig vor Augen die Lektion an dem Lagerfeuer. Diese war entscheidend für sein Leben und war entscheidend für das Spiel, das sein Leben war. Er mußte also in die Qualifikation eines zweitklassigen Turnieres, während sein Trainer alle großen Turniere gewonnen, ohne einen Finger zu krümmen dafür. Bren nahm sich vor, was er sich vornehmen konnte und mußte: sich zu qualifizieren und das Turnier zu gewinnen, und er würde die Punkte gesammelt haben, um nie wieder in eine Qualifikation zu müssen, und wenn überhaupt, dann bei Turnieren, für die es sich wirklich lohnte und die große Fische im Meere der Tenniswelt. Bren dachte zurück an die Muräne und dachte zurück an die zitternden Aale, und es kam ihm alles andere als gerufen, daß er hier wieder ein Meer zu erschauen vermochte, wann immer er eine Promenade zu wandeln gedachte in diesem Lesdéblais. Schatten eines Abends warf sich über die Bucht und über die Wellen und Wogen gerade ebenso wie über die Trümmer der Vergangenheit, die Verkettungen gesehen an Unglücken, Verkettungen an Pech und seltsamen Niederlagen. Aber er würde das Leben und seine Karriere noch herumreißen können, würde nicht in den Großen Teich fliegen als ein Funke, der zum Erlöschen bestimmt, und er rief sich wieder das Lagerfeuer in sein Gedächtnis- er hatte gesehen, worauf es ankam, aber wie war das nun zu ändern? Er mußte selbst einen Funken erschauen und sich als den seinen auswählen, der dann einen Waldbrand entfachte- das war die einfachste Lösung, aber einfacher gesagt als getan, wenn doch er nicht einmal einen einzigen Funken erschaute, mit Ausnahme nun, da die Dämmerung ihren dusternden Zauber versprühte, eines Glühwürmchens, das einem Funken doch ähnelte und in eine Fliegenfalle geriet, an der es schnell festgeklebt. Bren versuchte diesen Anblick abzuschütteln, wie er viele Anblicke abgeschüttelt in der Vergangenheit oder wie er viele Anblicke hatte abschütteln müssen in seiner Vergangenheit.

In Lesdéblais, und er hatte es bald erreicht, existierte ein schönes, neues Hotel neben dem noch nicht fortgeräumten Schutt eines alten; Bren wollte es als Symbol dafür sehen, daß er hier etwas Neues anfangen konnte, ein neues Kapitel in seiner Karriere, eine neue Epoche in seinem Leben- aber das Zimmer, das er bekommen, hatte stets Blick auf den Schutt, der nicht weggeräumt, und so mußte er auch verspüren, daß er noch nicht alles verdaut und noch nicht alles hinter sich gelassen... mit Ausnahme seiner Koffer, die irgendwo in einen Spalt der Weltgeschichte gerutscht und mit all ihrer Existenz dort erloschen.

Am nächsten Morgen besuchte Bren das Zimmer von Victor Vinci, und er erhoffte sich von seinem Trainer noch einige Tips für das heutige Spiel, das der Qualifikation dienen sollte- der Gegner war einfach, war ganz leicht zu schlagen, war zu erwarten, und doch mußte man mit dem nötigen Ernst herangehen und mit Konzentration. Mit Kanonen auf Katzen geschossen, so kam es Bren vor, aber andererseits war es lange schon her, da er das letzte Mal ein siegreiches Spiel einst bestritten. Von Victor Vincis Zimmer aus, da sah man keine Trümmer der Vergangenheit, sondern sah man nur Zukunft oder die Schönheit des Augenblicks; der Strand füllte sich langsam, und Bren versuchte den Strahlen der Morgensonne zu folgen, aber jene versanken immer im Meer wie die altehrwürdige Titanic und viele heldenhafte Giganten schon vor ihrer Zeit. Das hatte noch keine Veränderung gebracht, merkte Bren, aber das Spiel heute würde dennoch eine leichte Aufgabe werden... Aber wohin war er dann damit gekommen? Er würde noch nicht einmal derart weit sein, wie er bei vorangegangenen Turnieren gewesen, und es würde eine zweite Qualifikationsrunde kommen, bis er endlich in das

Turnier einsteigen konnte- und dann erst ging es los, und groß wurde die Angelegenheit erst spät im Finale.
„Einfach fokussiert sein auf diese eine Aufgabe, auf dieses eine Spiel. Natürlich wirst du es gewinnen, du bist stark, Junge, das weiß ich, du kannst jeden schlagen!“ war der einzige Tip, den Victor Vinci seinem Schützling mit auf den Weg gab. Und dann machte man sich auf selbigen, um zu dem Spiel zu gelangen. Der Gegner war schon länger hier, aber war keine große Nummer, und es sollte Bren keine Mühe bereiten... Der Wind wehte von der See heran. Bren analysierte die Windverhältnisse und fand keine große Sorge darin. Bren konnte mit dem Aufschlag beginnen und fühlte sich wohl dabei, wenn auch er enttäuscht war von der jämmerlichen Kulisse, und außer seinem Trainer, dem Trainer des Gegners und der Schwester des Konkurrenten war kein einziger Mensch an dem Tennisplatz- ach doch, der Schiedsrichter war dann noch da und eine dürftige Abordnung von Balljungen. Bren schmetterte einige Asse, nahm dem Gegner das Aufschlagsspiel ab und mußte sich mehr und mehr fragen, wozu er hierwar... Mit Kanonen auf Katzen geschossen, das traf es irgendwie, und er selbst traf mit jedem Schlag, gewann Selbstvertrauen und fühlte sich aber vollkommen unterfordert. Sechs zu null und sechs zu zwei war das Endergebnis, und es hatte nicht lange gedauert. Den restlichen Tag würde er den Möwen zusehen können oder den mit Kanonen beschossenen Katzen, die hinter dem Hotel in den Mülltonnen

wühlten, ob da ein Fisch zu bekommen war oder das bloße Skelett nur davon.

Kronkenhaus oder Bastille

Es war ein Elysium, die zweite Runde der Qualifikation erreicht zu haben, empfand es Bren nun, aber es war die purste Hölle, das Erreichen der zweiten Runde der Qualifikation als ein Elysium zu empfinden, denn das war gar nichts für einen, der auf dem Weg sein wollte, die Nummer eins zu werden in dieser Tenniswelt. Aber alles sah gut aus, und er war auf dem Weg. Die zweite Runde wartete, wenn auch nur die der Qualifikation, und der Gegner war wieder nicht schwer, wie es aussah. Bren begab sich auf den Weg. Victor Vinci begleitete Bren. Zwei Funken auf dem Weg zu ihrer Bestimmung. Nun war der Weg vom Hotel bis zum Tennisplatz kein solcher, der weit gewesen wäre, aber Bren wußte aus all seiner Vergangenheit über mögliche Pechpunkte bestens Bescheid, und die Tatsache, daß es in Lesdéblais viele Schlaglöcher gab in dem Pflaster, bekümmerte mehr als der nächste Gegner. Bren war konzentriert, die Schlaglöcher stets zu umgehen. Auf der Straße auf dem kurzen Weg zwischen Hotel und Tennisgelände, da tobte eine Demonstration- die jungen Leute wollten bessere Bedingungen für junge Leute oder wußten nicht, was sie wollten, aber sie demonstrierten, und jeder glaubte, sie demonstrierten mit Recht. Bren fühlte sich davon nicht betroffen, da er auch nicht in diesem Lande hier lebte und sich auch wenig identifizieren konnte mit sonstigen jungen Leuten, da eine professionelle Karriere als Tennisspieler etwas war, was ihn doch abhob von der Masse. Er hatte sich für einige Schritte überhaupt nicht betroffen gefühlt, fühlte sich dann aber sehr wohl getroffen, als ein Wurfgeschoß ihn an der Schläfe erwischte. Da war sie wieder, seine alte Kameradin, die Pechsträhne! Bren ging zu Boden und sah nur noch Funken vor Augen- was aus diesen wurde, konnte er aber nicht genau verfolgen, da er schnell wieder bei Bewußtsein war.

„Isch bringe Sie in eine Kronkenhaus“, bot ein Gendarm dem gestürzten Spieler an, aber dieser hatte im Moment nicht die Zeit, um in ein Kronkenhaus zu gehen, da er ein Spiel zu bestreiten hatte; die Schläfe blutete aber, und das Blut schlief nicht so schnell ein.

„Nein, kein Kronkenhaus, ich muß spielen!“ donnerte Bren trotz aller Probleme mit der blitzartigen Platzwunde und stapfte weiter zum Tennisplatz, nun nur um so entschlossener, sein Spiel zu gewinnen, das Turnier zu gewinnen, es der seltsamen Welt endlich zu zeigen...

Bren stand auf dem Platz und ließ sich nach dem Einspielen vom Turnierarzt behandeln, den er anwies, keine Medikamente zu nutzen, die auf der Dopingliste noch standen- der Turnierarzt versicherte, er achtete darauf, und bald konnte es losgehen, und Bren wollte auch diese Runde schnell hinter sich bringen, in der die Paarung wieder Kanonen versus Katzen zu lauten geruhte. Ein paar Probleme hatte Bren noch mit der Wunde, die irritierend wirkte, aber doch hatte er bald sein Spiel gefunden. Sechs zu drei und sechs zu eins hieß es diesmal, und es war wirklich lächerlich gewesen, empfand er, diese Qualifikationsrunden gespielt haben zu müssen. Aber vielleicht ein gutes Training, um es positiv zu beblicken, für den Rest des Turniers. Eine Auslosung hatte stattgefunden, und Bren bekam es bereits in der ersten Runde des Hauptfeldes mit dem an Position eins gesetzten Spieler zu tun.

„Mit diesem Deletti habe ich bereits den stärksten Gegner von allen in der ersten Runde- wenn ich ihn geschlagen habe, dann gewinne ich auch problemlos dieses Turnier!“ war sich Bren dann wirklich sehr sicher- aber die Herausforderung war groß, und er wollte und mußte in bester Verfassung sein, um gegen einen solchen Gegner gleich zu bestehen.

„Und ich kenne auch die richtige Taktik“, weihte der Startrainer seinen Schützling in seine Geheimnisse ein.

„Gut- wie schlage ich ihn?“ war Bren sofort Feuer und Flamme und waldbrandentfachender Funke, um diese Botschaft zu hören, in sich aufzusaugen und dann mit aller Macht umzusetzen.

„Er hat eine ungeheuer grandiose Vorhand, mit der er immer den Gegner unter Druck setzen will, aber seine Rückhand ist sehr schwach. Du mußt nur selbst aggressiv spielen, Druck ausüben, das Tempo bestimmen, den Gegner in die Rückhandecke drängen, und wenn er dann versucht, die Rückhand zu umlaufen, um mit der Vorhand den Schlag zu nehmen, dann mußt ihn ganz besonders flach anspielen, dann bekommt er den Ball nicht mit dem nötigen Druck über das

Netz, und du hast beim nächsten Schlag eine ganz weite offene Seite beim Gegner, wo du reinschlagen kannst, besonders, wenn du dann ein paar Schritte aufs Netz zugehst...“ erläuterte der Trainer, und Bren war sehr angetan von dieser Erläuterung und hielt alles für nachvollziehbar und gut, so daß er sich genau dies vornahm und bester Dinge war, was die nächste Begegnung anging. Er erholte sich gut von der Qualifikationspartie und von dem Zwischenfall auf der Straße. Er schlief gut und war bald bereit, den Gegner mit aggressivem Spiel in die Knie zu zwingen. Dann stand etwas vor der Türe des Hotelzimmers, was Bren bekannt vorkam, gerade so, als stünde diese Statue in jedem Hotel der Welt... Es war aber keine Statue, sondern ein Wesen in Polizeiuniform, das einen quappelnden Schnurrbart besaß. Bren dachte erst, es ginge um das Wurfgeschoß, welches ihn am Rande der Demonstration getroffen. Aber der Quapplige hatte andere Neuigkeiten...

„Ich bin le commissaire Laquappelle. Ich habe Befugnis, Sie zu verhören wegen eines Waldbrandes bei Farmford zu einem früheren Zeitpunkt in diesem Jahr!“ verkündete das Wesen, das Bren glauben ließ, er träume noch, aber alle Versuche, aus diesem Traum aufzuwachen, schlugen dergestalt fehl, daß er genau wissen mußte, daß dies doch kein Traum mehr sein konnte.

„Ich habe heute ein wichtiges Spiel zu spielen!“ erwiderte der Tennisprofi.

„Das sagen Sie jedesmal!“ wußte es le commissaire Laquappelle bestens. Victor Vinci, aber, kam dazu, dessen Funke es im Grunde doch war, der den Waldbrand verursacht, und versprach Bren, daß er mit dem Turnierdirektor sprach, um das Spiel verschieben zu lassen, bis Bren das Verhör hinter sich dann gebracht. Bren hatte damit sehr schlechte Erfahrung gemacht, und doch ließ er sich ein darauf, weil er keine andere Wahl nun besaß.

Kurz darauf saß Bren wieder in einem Verhörraum, und das Gesicht, welches ihm gegenüber nun saß, war das gleiche wie schon zu einem früheren Zeitpunkt des unglücksgeprägten Jahres, und nur die Flagge, welche die Wand zierte, war eine andere. Er dachte über das unglücksgeprägte Jahr sehr genau nach und den Grund dafür, daß es von Unglück geprägt. Alles hatte begonnen in Farmford an jenem Lagerfeuer- wenn er es beichtete, dann war vielleicht alles Unglück vorüber, und alles war anders, als es zuvor je gewesen. Aber was sollte er da denn beichten? Victor Vinci hatte das Feuer angeschürt, und er hatte ihm Funken demonstriert, und ein Funke war weiter geflogen als alle anderen, weil ihn der Trainer zu dem seinen erklärt, und dann hatte der Wald schon gebrannt. Bren räumte ein, daß der Trainer ihm ein Feuer angeschürt, um ihm die Romantik der Gegend zu zeigen und ihn aufs Spiel vorzubereiten, aber er konnte wahrheitsgemäß sagen, das Feuer war ein ganzes Stück von den Wäldern entfernt, und es wäre sehr, sehr unwahrscheinlich, daß ein Funke in der Lage sich sehen könnte, derart weit hinzufliegen, um einen Wald zu verbrennen. Das war es, was Bren erläuterte, und mehr erzählte er nicht, und er brauchte auch nicht zu erzählen, daß er sich selbst einen Funken gewählt, der dann in dem Teich still ersoffen. Er selbst, jedenfalls, trug auch keinerlei Schuld, und er brauchte kein Gewissen zu haben, das schlecht war, in diesen Momenten. Das Verhör, dennoch, zog sich hin und zog sich hin, und le commissaire Laquappelle zog sich und zog sich immer wieder an seinem Quappelbart. Bren wollte sich bei seinem Trainer erkundigen, wie es lief, das Spiel verschieben zu lassen, aber Monsieur le commissaire Laquappelle ließ den Topspieler der Zukunft so oder so nicht aus seiner Bastille.

Der Sieg über Deletti

Victor Vinci war bester Dinge, und die besten Dinge waren bei Victor Vinci; mit dem Enthusiasmus eines Mannes, der immer gewohnt war, daß alles bestens verlief, stürmte er zum Turnierdirektor, der ihm versicherte, wie überglücklich man in dem Städtchen doch war, daß jemand wie der große Victor Vinci es mit seiner Anwesenheit beehrte. Victor Vinci erzählte von dem Malheur, das einem die hiesige Polizei eingebrockt, aber der Turnierdirektor konnte da nichts machen- es war ein Match angesetzt, und das mußte stattfinden, wie es stattfinden mußte. Der unterlegene Spieler aus der Qualifikation sollte den Platz einnehmen, um gegen Deletti zu spielen, aber der unterlegene Spieler aus der Qualifikation hatte sich nach dem Spiel gegen Bren verletzt, und ein anderer möglicher Nachrücker war wegen eines Badeunfalls mit einer Qualle erkrankt, und ein weiterer möglicher Nachrücker... Um eine merkwürdige Geschichte zu einem noch merkwürdigeren Abschluß zu bringen-

„Könnten Sie nicht antreten, Monsieur Vinci? Ich könnte Sie unter diesen Umständen schnell mit einer Wildcard ausstatten, dazu hätte ich das Recht!" verkündete der Turnierdirektor.

„Ach, wissen Sie, ich habe meine Karriere schon vor langer Zeit beendet, ich bin ein alter Mann und überhaupt nicht im Training- ich habe seit Ewigkeiten nicht mehr auf dem Tennisplatz gestanden, zumindest nicht als Spieler, und ich habe nicht mehr annähernd die Klasse von früher, und selbst mit Bren kann ich nicht mehr mithalten, er trainiert so gut."

„Bitte geben Sie uns diese Ehre, und tun Sie uns die Freude!" flehte und flehte der Turnierdirektor ganz bettelnd.

„Ach, was soll's, ich habe ja nichts zu verlieren!" gab Victor Vinci irgendwann nach, begab sich in Tenniskluft und bewaffnete sich mit einem Schläger, um den Tennisplatz zu betreten, der von jubelnden und jubelndsten Massen umstanden war, die zum Teil Fans des verblüfften Deletti waren und zum größten Teil Fans Victor Vincis, den die Liebhaber des Sports nie vergessen. Der alte Star spielte sich ein wenig ein und mußte doch merken, daß er sehr eingerostet schon war, und er hatte keine Übung mehr und es wohl doch leicht verlernt. Deletti begab sich zum Aufschlag und führte Victor Vinci teilweise vor. Recht klar und hilflos verlor Victor Vinci den ersten Satz mit null zu sechs. Aber das war kein Beinbruch. Victor Vinci konnte dennoch lachen, mit den Zuschauern schäkern, Späße machen, für die er Szenenapplaus stets bekam- das Publikum liebte ihn und kreischte bei jedem Ball, den er schlug, egal, wohin dieser ging. Zu Beginn des zweiten Satzes gelang Victor Vinci ein As, und die Menge johlte vor Begeisterung und spendete stehende Ovationen dem einstigen Weltstar. Victor Vinci versuchte sich daran zu erinnern, was er dem Bren so geraten, drängte Deletti nun mehr in die Rückhandecke und wurde begeistertst bejubelt für diesen Schachzug und für sein aggressives Spiel. Nicht immer traf er den Ball, aber wenn es ihm doch gelang, dann war das Publikum stets auf seiner Seite und betete ihn an und hielt ihn für den Größten. Für den Allergrößten. Das erste Aufschlagspiel des zweiten Satzes zog sich sehr lange hin, und Victor Vinci konnte seine Kunst zelebrieren, für die man ihn auf der ganzen Welt schätzte. Es war knapp, aber dann hatte Deletti wieder die Nase vorn und gewann das erste Aufschlagspiel Vincis. Aber Vinci hatte alle Sympathien gewonnen. Den ersten Aufschlag Delettis erwischte Victor Vinci ganz gut, um ihn in die Rückhandecke zu wuchten, und Deletti mußte weit rennen und stolperte über die eigenen Füße und rief nach den Sanitätern. Natürlich gab Deletti danach auf und das Spiel verloren; Victor Vinci durfte jubeln und sich von den Fans feiern lassen- er war es gewohnt, Spiele auf diese Weise zu gewinnen, und er wunderte sich keineswegs über diese Art von Triumphen und die unvorstellbare

Häufung davon. Und im übrigen dachte Victor Vinci auch überhaupt nicht daran, einen Sieg, der auf diese Weise zustande gekommen etwa nicht so zu feiern wie einen Sieg, den man durch beste Leistung errungen. Er stellte sich vor die Zuschauermenge, und die Menge jubelte und jubelte und jubelte und war ein buntes Meer aus Jubel, das gar nicht aufhörte damit, Fluten an Sprechchören mit Victor Vincis Namen über dessen Eigentümer zu gießen. Und Victor Vinci nahm alles an und fühlte sich stark, als hätte er selbst den ersten Satz mit sechs zu null gewonnen und nicht etwa sein ausgeschiedener Gegner.
Die Hymnen des Feierns wurden durch nichts überschattet-zumindest in den Augen und Ohren des Victor Vinci, und das Schicksal von Bren ging ihm nahe, wann immer er daran dachte, aber er war zu gefeiert, um noch an etwas andres zu denken als daran, die Emotionen zu tanken, die ihm entgegengebracht, ihm, dem grandiosen Gewinner und Sieger.

Dreiköpfige Drachen

Bren hatte lange gewartet, bis sein Trainer vielleicht doch noch sich aufgemacht hätte, die Quappelbastille zu erstürmen, wo er nicht nur ständig den zuckenden Schnurrbart des Commissaire anzustarren hatte, sondern auch ein und dieselben Fragen wieder und wieder gestellt bekam- das also war interkontinentale Zusammenarbeit zwischen Polizeiquappeln, so etwas hatte er immer schon einmal kennenlernen wollen!

Irgendwann hatte man sich darauf geeinigt, daß Bren einem Lagerfeuer beigewohnt hatte, das aber derart weit entfernt gewesen war von den Wäldern, daß unter normalen Umständen kein Funke hätte überspringen können auf jene Bäume, und damit gab sich Monsieur le commissaire Laquappelle irgendwann doch noch zufrieden, und er wollte genau das an die Behörden von Farmford übermitteln, mit denen er aber angeblich keine verwandtschaftliche Verbindung besaß, was Bren kaum zu glauben vermochte. Die Quappelbastille spuckte ihn wieder aus, und er war mit all seinen Gedanken beim Match gegen Deletti- hoffentlich war es möglich, daß er es doch noch spielte... Draußen vor dem Eingang traf er auf einen eben ankommenden Victor Vinci, der frischgeduscht und klatschnaß noch war und der aber von der legendären Sonne von Lesdéblais gerade getrocknet wurde...

„Die wollen wohl nicht weiter ermitteln- ich bin... Ist es noch möglich, das Match gegen Deletti zu spielen?" hastete Bren mit Victor Vinci, den er zu diesem Zweck packte, in Richtung des Tennisgeländes.

„Leider konnte ich da nichts mehr machen, und Delettis Spiel hat schon stattgefunden... Ich mußte als sein Gegner einspringen, aber ich habe natürlich gewonnen!" konnte und mußte Vinci vermelden. Bren war perplex. Er war entgeistert, daß er schon wieder aus einem Turnier geflogen ohne eigene Schuld, und das, nachdem er sich erst einmal qualifiziert, und er war schockiert und ungläubig, daß sein Trainer dazu in der Lage gewesen sein sollte, den topgesetzten Spieler zu schlagen, und Victor Vinci war wahrlich nicht mehr das Jüngste, was die Tenniswelt je gesehen. Bren stockte und blieb Stillstand; er mußte nirgendwohin. Nirgendwohin mehr. Er konnte weiterreisen zum nächsten Turnier, aber, ach nein, sein Trainer war ganz plötzlich dabei, war involviert in dieses Spielchen, in dem sonst Bren nur zuhause. Stillstand, Ruhe, Besinnung. Bren rang nach Atem und Glaube und Verständnis. Er versuchte zusammenzufassen und trug Victor Vinci noch einmal vor, was er eben verstanden hatte, und Victor Vinci konnte dies nur bestätigen, er hatte es richtig verstanden.

„Wie konnten Sie ihn schlagen?" interessierte Bren als nächstes, weil er nicht geglaubt, daß Victor Vinci noch annähernd in Form, der selbst nicht mehr trainierte und sich alle Freuden des freudigen Lebens zu gönnen geruhte.

„Ich hatte dir doch vorher gesagt, wie man gegen Deletti zu spielen hat", verriet Victor Vinci nur, und es war auch egal, was ansonsten geschehen.

„Die Taktik war wirklich klug- ich hätte mit ihr gewiß auch gewonnen", war sich Bren sicher.

„Darauf hätte ich gewettet!" zeigte Victor Vinci gewaltige Überzeugtheit. Bren wußte nicht, was sollte er noch darauf sagen. Er schaute sich um, ob er dreiköpfige Drachen sah, die er für ebenso wahrscheinlich gehalten wie das, was tatsächlich oder doch scheinbar geschehen. Da waren brave Häuschen, noble Cafés mit verfallenen Fassaden, Schlaglöcher, herrliche Platanenalleen und ein paar Straßenproteste.

Die Rückkehr ins Hotel war geplant, aber dort hatten sich schon Autogrammjäger, Journalisten und Fans längst versammelt, um Victor Vinci zu bejubeln, ihm zu huldigen nach seinem neuesten Sieg. Bren war etwas angesäuert, denn seine Siege hatte niemand bejubelt, und der Empfang im Hotel war kühl eher gewesen, und keine Autogrammjäger waren aufgetaucht und keine Gottesanbeterin, um zu bestaunen, was in der Qualifikation er geleistet- aber Deletti war auch ein andres Kaliber, das räumte er ein, und er hätte ihn gerne geschlagen und war motiviert gewesen. Aber irgendwie war er doch stolz auf seinen berüchtigten Trainer, der wieder zugeschlagen, als es ihm niemand mehr zugetraut hätte, zumindest Bren überhaupt nicht. Und Bren verzog sich in sein Zimmer und würde hierbleiben, zum Trainieren jede Möglichkeit nutzen und die Zweitrundenpartie seines Trainers anschauen, auf die er äußerst gespannt zu sein pflegte, gespannter als auf ein eigenes Spiel. Und immerhin verschaffte ihm diese überraschende Wendung ein Monument an Ablenkung, so daß er gar nicht mehr denken mußte an dieses dumme Verhör zu dem Funkenflug, unter dem er schon einst sehr gelitten. Aber er saß in dem Zimmer wieder, das den Ausblick auf Trümmer nur bot, und Victor Vinci hatte den Strand und die Sonne vor Augen und den glitzernden Ozean.

Tag der vertauschten Rollen

Es war der Tag der vertauschten Rollen, und alles in ihm sagte Bren, daß er da nicht hingehörte, wo er saß- auf einer Tri-

büne, die sonst ihm zugewandt war, ihm immer zugewandt zu sein hatte. Bren saß dort, wo sonst Victor Vinci saß, und der Trainer, der seinen Schützling zu beobachten hatte, der stand plötzlich schon wieder auf dem seltsamen und doch schicksalhaften Gebilde, welches man einen Tennisplatz nannte. Bren dachte über vertauschte Rollen nach, und er entsann sich, daß er noch nie einen Tag erlebt hatte, an dem er selbst vom Glücke beschenkt gewesen und an welchem sein Trainer einmal vom Dämon eines Peches verfolgt- heute, da brauchte sich das auch nicht unbedingt ändern, denn da kam es darauf an, daß Victor Vinci die nächste Runde erreichte, und Bren war nur der Gast bei diesem Spektakel.
Victor Vinci wurde wieder bejubelt wie niemand sonst, und das noch, bevor ein erster Ball gar geschlagen; Bren verstörte dies etwas, denn solche Bekundungen von Zuschauern waren ihm persönlich doch fremd. Dann flog der erste tennisballgelbe Kanarienvogel ins Netz, und Victor Vinci wurde wieder gefeiert, und Bren mußte sich schon wieder neu vergewissern, ob er noch träumte oder in jener Welt war, welche die Wachen aus irgendeinem Grunde als *Wirklichkeit* zu bezeichnen geruhten. Nach den ersten Aufschlagsspielen der beiden Kontrahenten stand es eins zu eins, und das konnte Victor Vinci schon einmal als Erfolg verbuchen- es folgte eine Unterbrechung, denn der Gegner des alten Stars mußte sich vom Turnierarzt behandeln lassen und handelte sich Pfiffe des Publikums ein, während Victor Vinci wie eh und je der Publikumsliebling Nummer eins war, und Bren versuchte

herauszufinden, warum... Irgendwann kam der Gegner seines Trainers zurück auf das Spielfeld gehumpelt und gähnte mehrmals; neben Bren auf der Tribüne wurde gemurmelt und gemutmaßt, es habe mit den Schlafstörungen zu tun, die der Spieler hatte, die mal stärker und mal schwächer ausfielen, aber heute war es sein traurigster Tag, wie man allgemein meinte. Und Bren konnte sich bestätigen, daß es zwar hinsichtlich der Verteilung von Feldplatz und Zuschauerplatz ein Tag mit vertauschten Rollen war, dem Trainer aber das Glück hold geblieben war, wie er es immer schon hatte. Das Spiel war noch etwas ausgeglichen, aber als das Gähnen von Vincis Gegner weiter zunahm und das Humpeln auch schlimmer wurde, da konnte der ältere Star einen Vorsprung erzielen, den er auch nicht mehr aus den Händen zu geben gedachte. Victor Vincis Gegner gönnte sich noch eine weitere Behandlung durch den allmächtigen Arzt des Turnieres, und Victor Vinci selbst konnte es sich wieder gönnen, sich feiern zu lassen von den ihn so verehrenden Massen- er hatte nur Freunde auf der Tribüne, und schon die Tribüne selbst war ein ihn liebender Freund. Und die schwirrenden Möwen waren auch seine Freunde und die Sonne und der Wind und das Meer, das ihm mit einem beschaulichen Rauschen zu huldigen pflegte. Bren verstand es nicht und schüttelte verwirrt seinen Kopf auf seinem Platz, wo er auf dem Freund seines Trainers saß; er war ungläubig, aber der Erfolg bestätigte seinen siegreichen Trainer, der den ersten Satz gerade mit sechs zu vier schon gewonnen und im zweiten Satz mit der Führung nicht geizte, während der Gegner sich dann und wann hingelegt hatte, um ein bißchen zu schlafen, besonders gerne, wenn Victor Vinci sein Aufschlagspiel hatte. Es wurde immer einfacher für den älteren Herrn, der die Einfachheit sicher auch brauchte, denn sein gelehriger Schüler traute ihm keine große Kondition mehr zu, und er würde es sicher auch wissen müssen, daß er bald sehr erschöpft sein würde. Aber der Gegner blieb gähnend, blieb schläfrig, blieb humpelnd, blieb genau der Gegner, der kein Problem war für ihn. Victor Vinci stand mit einemmal im Viertelfinale, und alle schienen zu glauben, er sei noch immer oder wieder der beste Spieler der Welt, und Bren glaubte es nicht und versuchte aber, den aufbegehrenden Dämon des Neides zu unterdrücken und seinem Helden gänzlich zu gönnen, so viele Gottesanbeterinnen ihm hier auch serviert worden waren, die nach dem Sieg auf ihn zustürmten, Autogramme erbaten, ihre Brüste vorzeigten oder Worte sprachen von größter Verehrung. Und Bren stand noch immer wie ein angewurzelter Salzsäulenbaum auf der Tribüne, war völlig alleine und von niemandem bestürmt und von niemandem besucht und von niemandem verehrt und von niemandem gebeten um das auch noch so geringste Autogramm auf welchen Fetzen Papier auch immer- der Tag der vertauschten Rollen hatte damit bereits wieder sein Ende gefunden, und Bren fand sich genau da wieder, wo er sich immer wiederfand, und Victor Vinci war auch in seiner Rolle, die ureigenst für ihn nur gemacht.

Der siegreiche Torkler

Victor Vinci war seltsamerweise nicht verhört worden, und er war auch nicht verdächtigt worden, etwas zu tun zu haben mit dem Waldbrand bei Farmford; jetzt, erst, wurde er verdächtigt, ein Waldbrand zu sein, und von einem wiedererwachten und wiederentfachten Flächenbrand sprach die Presse und von einer Feuerwalze, die eine Flut von Siegen schon wieder errang- das genoß Victor Vinci wie den ihm von Fans gespendeten Champagner, als er die Zeitungen aufschlug, die Brens berauschende Siege, als es noch welche gegeben, mit keiner funkelnden Silbe erwähnt.

Und die Flut der umjubelten Siege schien gar kein Ende zu nehmen- gestärkt mit Champagner, was Bren fast verzweifeln ließ, der selbst sehr viel Wert darauf legte, sich gesund zu ernähren und dabei alle Disziplin an den Tag zu legen, torkelte der siegreiche Victor Vinci zum Tennisgelände, wobei Bren ihn gerne stützte und wo die Fans schon warteten und jubelten und vor Jubel kaum mehr zu atmen vermochten. Das Viertelfinale stand an, wozu Victor Vinci mit einem Schläger auf den Tennisplatz zu taumeln beliebte. Bren fragte sich, welcher Zufall Victor Vinci diesmal zu einem Sieg dann verhalf- die Antwort ließ nicht lange auf sich warten, denn unmittelbar nach der nicht einmal ausgesprochenen Frage, da ließ der Turnierdirektor verlauten, daß dem Gegner von Victor Vinci auf der anderen Seite der Tribüne ein Wagen über die Füße gefahren war. Es bedurfte keiner weiteren Erwähnung, daß der Plattfüßige unverzüglich das Viertelfinale abgesagt hatte, und Victor Vinci stand im Halbfinale, ohne einen einzigen Ball geschlagen zu haben, und so konnte der Siegestrunkene hinfort wieder torkeln von dem unbespielten Tennisplatz, den er sehr kurz nur besucht.

Er wollte sich aber warmspielen für das Halbfinale und bat seinen Schützling zu einem Trainingsspielchen; Bren war vorfreudig und strengte sich an wie in einem richtigen Match, in dem es um Punkte ging und um Titel. Bren konnte sich daran erfreuen, daß er selbst deutlich besser sein mußte als sein Trainer, der einstige Weltstar. Ein sechs zu null im Training war jedoch brotlos und brotkrumenlos und zeigte nur wieder den Eindruck, Bren schieße überall mit Kanonen auf Katzen, aber Victor Vinci miaute nicht unzufrieden, es sei ja nur ein Trainingsspielchen gewesen und er sei siegessicher für das Halbfinale.

Bren hatte seine vier Buchstaben wieder auf der Tribüne plaziert und war gespannt, sehr gespannt; weniger, aber, war er gespannt auf das Spiel seines Trainers als vielmehr auf die Kreativität, den Einfallsreichtum des Schicksals, das über Siege sehr viel entschied und über Niederlagen. Bren keuchte vor Lachen, als er den Halbfinalgegner seines angesehenen Trainers erschaute- in Tränen aufgelöst schleppte sich jenes Häuflein Elend auf den Platz und eröffnete das Spiel mit drei Doppelfehlern. Inzwischen war als Lauffeuer verbreitet worden, daß wohl ein Todesfall in der Familie dem Tennisspieler so zugesetzt habe, aber dieser Feuerteufel war auch nur ein Gerücht. Auf jeden Fall war dieser Umstand komplett alles

andere als ein Nachteil für den Weltstar vergangener Tage, und Victor Vinci konnte sich schnell eine Führung herausspielen, und das, obwohl er sich sowenig bewegte wie ein Faß mit Betonfüßen und nur locker die Bälle über das Netz zu hieven geruhte. Im Grunde beging Victor Vinci ebenso viele Fehler, wie sein Gegner sich Taschentücher reichen ließ, aber der Taschentuchfetischist schaffte es, eine Rekordflut an Fehlern zu fabrizieren, so daß Victor Vinci nicht die geringste Chance besaß, dieses Spiel zu verlieren. Am Ende stand er im Finale, und er wurde bejubelt, als habe er die größte Leistung in der Geschichte des Sports grad bewiesen. Sprechchöre ließen anklingen, daß Victor Vinci in jedem Olymp jeder Welt einen Ehrenplatz zu beanspruchen wußte, und Bren beklatschte den Sieg seines Trainers ebenfalls, so seltsam ihm dieser nun auch erschienen... und sosehr er sich grämte, daß er doch besser war und selbst Finalist hätte sein müssen bei diesem hübschen Turnier.
Am Finaltag war die Sonne früh aufgestanden; ebenso schnell und mit der Absicht, einem Angehörigen des geschlagenen Halbfinalisten nacheifern zu wollen, ließ sich der Sonnenball wieder beerdigen und in ein Leichentuch aus tiefgrauen Wolken rasch hüllen. Windig war es und stürmisch, während Victor Vinci gelassen und gelangweilt sein übertrieben opulentes Frühstück zu sich nahm, aber doch mit der Vorfreude auf einen Sieg, an dem ja kein Weg je vorbeiführen konnte. Bren schaute nur zu, wie Victor Vinci den Kaviar, den ihm Fans geschenkt hatten, wie ein Mähdrescher verschlang; Kopf-

schütteln war schon lange Brens Markenzeichen geworden nach den Absurditäten, die der Funkenflug des Lebensfeuers so angerichtet hatte. Wieder begleitete er in einer Rolle, die nicht geschaffen für ihn, seinen Trainer zum Platz dieses Spielchens, und heute war es das Endspiel.

Die Fluten des Meeres wogten wie Paare beim Liebesspiel, und das war ein Zeichen, dachte sich Bren, die Welt ließ sich etwas einfallen, etwas Spezielles für diesen Endspieltag; die Böen machten jeden Flug unberechenbar- ob es sich um den eines Funkens handelte oder einer filzigen Zitrone, die über ein Netz so bugsiert. Der Gegner, den Victor Vinci aber nicht zu fürchten geruhte, war ein starker Kämpfer; entschlossen zeigte sich jener auch schon beim Einspielen vor dem entscheidenden Match. Victor Vinci blieb voller Vorfreude, und Bren betrachtete voller Erwartung die Naturgewalten, die ihren Anteil nehmen würden, das Spiel zu entscheiden. Wie sollte Victor Vinci das Spiel sonst für sich entscheiden können, wenn sich in ihm die Kondition eines Konditors von kuchenweicher Konstitution mit keiner Nüchternheit paaren konnte, da die Mauern der Selbstdisziplin des Trainers aus Pudding gemacht zu sein schienen? Bren war Betrachter und fand sich von den mächtigen Wolkenwänden durchaus beeindruckt, und es war klar, daß diese noch warteten und Regen nur zu einem solchen Punkt spucken würden, an dem ihn Victor Vinci dann brauchte. Bren wußte, daß Vincis Finalgegner Stärken hatte, und die schien dieser auch gleich zu beweisen, wenn auch der Wind Probleme dann machte, und die Probleme des großgewachsenen Endspielgegners des einstigen Weltstars waren die größeren. Aber dennoch konnte Vinci diese Probleme des Kontrahenten nicht zu einer eigenen Führung benutzen. Irgendwann kam ihm aber noch ein Umstand zur Hilfe, den der betrachtende Bren zumindest für merkwürdig hielt- der Gegner hatte plötzlich ungeahnte, unbekannte Probleme mit seinem Aufschlag, Probleme mit dem Ballwurf, die dieser noch niemals gehabt, und es schien tatsächlich, als wäre der Gegner ganz plötzlich verhext. Bren zelebrierte schon wieder gebetsmühlenartig das Schütteln des Kopfes. Zum ersten Mal in seiner Karriere hatte jener Finalist eine Schwierigkeit, bei eigenem Aufschlag den Ball noch zu treffen. Wütendst zertrümmerte der Aufschläger seinen Schläger und angelte sich einen Ersatzschläger aus einer Sporttasche des Labels Kain&Abel, den ihm sein Bruder geschenkt, wie Bren irgendwo am Rande noch mitbekommen. Der Wind fegte den Ball mal hierhin und mal dorthin, wie es Victor Vinci grad brauchte, und auch ein anderer alter Freund eilte zur Unterstützung heran- der beste Freund, vielleicht sogar, und zwar die Netzkante. In kurzer Aufeinanderfolge wurden sieben Punkte von der Netzkante entschieden, und immer zugunsten des Altstars. Dessen Gegner, dem der Wind immer ins Gesicht wehte, auf welcher Seite er auch immer gerade stand, verzweifelte immer mehr, zertrümmerte noch einen Schläger und bemühte wieder die biblischen Helden, um sich mit einer neuen Waffe dann zu bestücken- aber sein ungewohnt schlechtes Spiel

wurde und wurde nicht besser. Bren war entspannt wie selten und auch sehr amüsiert- selten hatte er ein Spiel so genießen können wie dieses, dem er nur zusah. Vielleicht fand er dabei seinen Frieden mit den Mächten des Schicksals, die den Funkenflug der Lebensflammen bestimmten- er suchte sich einen Ball aus, den Victor Vinci schlug, um ihn im rechten Ziel dann zu sehen und daran zu partizipieren, daß Erfolge entstanden und Punkte auf der eigenen Seite...
Das Finale war spannend, und der erste Satz war sehr knapp; er ging in den Tie-Break. Victor Vinci wurde angefeuert von Menschen und Wind. Dem Gegner blies alles entgegen. Ein Schlag von Victor Vinci war etwas mißlungen, und Bren hatte diesen im Aus gesehen, und zwar eher deutlich. Der Schiedsrichter gab dem Altstar den Punkt, und der Gegner fluchte und schimpfte, zerbrach Kain und Abel und Adam und Efeu und ging mit einer Sintflut von Schimpf- und Haßtiraden auf den Schiedsrichter los... Es dauerte nicht lange, und das Finale war abgebrochen, und der handgreiflich gewordene Finalist, der den Schiedsrichter rasch mal vermöbelt, wurde disqualifiziert, und Victor Vinci war rasch zum Sieger erklärt. Und alle feierten ihn. Und alle feierten ihn überschwenglich. Bren blieb noch zur Siegerehrung, und er hatte es selbst gesehen, wie es zustande gekommen, und er wollte es doch nicht recht glauben- aber wie leicht, wie einfach hätte es für ihn selbst werden müssen, dieses Turnier zu gewinnen! Er nahm sich vor, beim nächsten zu siegen, und das mußte

als einfaches Spiel sich gestalten, solange nicht sein Trainer noch antrat...

Neuer Vogel

Das letzte Mal, als Bren und Trainer in diese Gefilde entflogen, da war es erschienen, als wäre der Vogel noch gar nicht flügge gewesen; diesmal flog man mit einem Adler im ausgewachsensten Zustand über das sinnliche Meer. Man hätte es als gutes Zeichen werten können, aber die Enge des Innenraums, die Unruhe unter den Passagieren und die Tatsache, daß man wieder verdächtig nahe an einem verquappelten Farmford zu landen dann hatte, stimmten Bren noch nicht so glücklich, was die Zukunft nun anbetraf.

„Mach' dir keine Sorgen wegen des nächsten Turniers, dich kann niemand schlagen, das kann ich gut beurteilen", versicherte Victor Vinci, der sich in seinen Fensterplatz gelümmelt, während draußen mal wieder die Nacht ihre Sternenfunken versprühte, und er hatte selbst keine Chance mehr besessen im Training gegen den Schützling, hatte aber selbst den Pokal im Gepäck, den ihm der Triumph grade eingebracht.

„Ich weiß", knirschte Bren, der sich dessen bewußt war, daß er auf dem Platz nicht zu schlagen war- aber Mister Quappel von Farmford war nicht mehr so fern, und er fühlte sich sehr bedroht davon und hatte das Gefühl, daß seine Alpträume sich wieder und wieder noch wiederholen konnten. Er schaute sich um, ob er ein Anzeichen entdeckte, daß sich sein Leben und der Funkenflug in diesem zu ändern vermochten, aber er empfand den Ort als nicht günstig, und wenn er nun einen Funken auszuerwählen geruhte, der etwas anrichten konnte, dann würde das geänderte Leben gar nicht lange mehr dauern. Bren erblickte beim Umschauen solche Fluggäste, die ihm wie Wiederholungen aussahen, Reinkarnationen früherer Fluggäste, wie auch die Reinkarnationen früherer Funken in immergleicher Manier durch sein Gedächtnis ihm flogen. Der Pilot verkündete die baldige Ankunft am Ort der Bestimmung- würde man das benutzte Wort *destination* im religiösen Sinne auffassen, dann war der Tod damit gemeint; Bren blieb beruhigt, denn Victor Vinci blieb neben ihm ganz beruhigt und würde schon nicht bei einem Flugzeugabsturz umkommen, glaubte er in diesem Moment noch... Aber der Weltstar war nach langer Pause zurückgekehrt und hatte ein Turnier gewonnen, und dann war solch ein Absturz ganz brauchbar, um ewig ein Mythos zu bleiben, eine Legende, die man auch in Jahrtausenden noch anbeten mochte. Nach diesem Gedanken war Bren wieder unruhiger, aber der Pilot hatte genügend Zielwasser geschlürft und traf die Piste derart genau, daß kein Gegner mehr herankam und den Vogel zurück in die Luft schleudern konnte wie einen Tennisball. Bren stieg aus, und mit ihm tat es Victor Vinci; die Nacht roch nach Nacht, aber die Hotels und Nachtbars funkelten mit Buntheit und Grellheit, als ob überall Funken nun flögen. Noch war kein Quappelbart da, um Bren festzunehmen- ein gutes Zeichen, und man machte sich mit Victor Vincis Kof-

fern, Victor Vincis Trophäe, Victor Vincis Glück und Glücklichkeit auf zu dem gebuchten Hotel. Der Trainer hatte viel verdient in letzter Zeit- Preisgeld bei dem Turnier, Gewinne in den Casinos... Bren mußte sich wohl oder übel von seinem glücklichen Mentor durchfüttern lassen, nachdem er selbst keine Preisgelder mehr ergattert und seine Sponsoren verloren- es war ein unsagbar schlechtes Gefühl, das ihn dabei beschlich, aber es sollte sich ja sehr, sehr rasch ändern.
Jede Stadt hatte ihr eigenes Aroma, und Bren hatte sich daran gewöhnt, sich stets umzugewöhnen; in Kerosene war man gelandet, und das Aroma dieser Stadt entsprach ihrem Namen. Es handelte sich dabei um ein florierendes Durchschnittsparadies, das man vielleicht lieber nicht bei Tage sehen wollte. Um das Flughafenareal herum mußte man aufpassen, nicht in wie charakteristische Sehenswürdigkeiten aufgereihte und angestrahlte und zu Regenbogenschillern gebrachte Öllachen zu treten; immerhin fuhr schnell ein Taxi hinein und spritzte Bren voll, um ihm eine Mitfahrgelegenheit ins Hotel anzubieten- der sauber verbliebene Trainer nahm die Einladung an.
Hier war kein Blick geboten auf Strände oder das Meer, aber die Augen durften sich auch nicht an Schutt ergötzen oder an rußschwarzen Trümmern; bis zum Hotel hatte Bren Zweifel gehabt, hier spielen zu können, solch ein strenger Geruch lag in Kerosene in den Lüften, aber im Hotel war alles verflogen, und aus den Klimaanlagen strömte ein Zitrusduft, an dem sich alle erfreuten. Um auf den Blick zurückzukommen- oh-

ne jede Liebe sah Bren auf den ersten Blick aus dem Fenster nur den Ton schwarzer Tinte und hohe Fassaden, die den Ton schwarzer Tinte dergestalt spiegelten, daß er keine Nuance verlor und nach wie vor wie ein Ton schwarzer Tinte zu wirken vermochte. Die Tennisplätze von Kerosene hatte Bren indes noch nirgends erblickt, aber er wußte, er hatte noch etwas Zeit, bevor er- wieder- in einer Qualifikation starten mußte. Er würde trainieren können, würde trainieren können mit einem Schläger und einem Ball und an einem Netz und auf einem Platz, auf dem Tennis gespielt. Aber er würde auch etwas anderes trainieren können- die Umgebung von Kerosene würde einladend sein, daß man ein Lagerfeuer dort auch entzündete und dabei trainierte, die Funken zu navigieren; daran war Bren nun vor allem interessiert, denn er hatte gelernt, daß nichts anderes zählte, wenn es um Glück ging und Pech und um den Erfolg in einem feurigen Leben. Victor Vinci konnte sicherlich nicht schlecht Tennis spielen oder hatte es zumindest einmal nicht schlecht gekonnt, aber was jener wirklich weitergeben, ihn wirklich lehren konnte, das war eine andere Kunst, und die Kunst des Funkenfluges galt es zu beherrschen und nur diese Kunst. Auch wenn Bren sich eher wie ein Betrüger vorkam, wenn er solche Künste nur lernte und mit ihnen zu seinen Erfolgen gelangte- aber es war wohl der Anfang einer glücklichen Zukunft, sich mit gutem Gewissen dieser Kunst zu bedienen, und schon war der Erfolg auf ewig in seinen eigenen Händen. Er stand am Rande dieses Ozeans von Kerosene und warf seine Blicke in diesen Ton schwarzer Tinte, durch welchen der Geruch von Kerosin so erfloß, und er legte sich darauf fest, seinem Trainer, seinem Idol, seinem Helden nacheifern zu müssen, seine Lektionen zu lernen, an Lagerfeuern und sonstwo, um den Funkenflug des Lebens endlich ganz zu beherrschen. Mit diesen guten Vorsätzen begab sich der Weltstar der Zukunft in die Federn, um als ein ganz neuer Vogel dann zu erwachen und zu neuen Höhen zu fliegen; zuerst aber mußte er die Vergangenheit der in Tümpeln versunkenen Funken abschütteln können und den Jetlag aus seinen Adlerflügeln bekommen.

Methoden der Nacht

Den nächsten Tag bestritt Bren nach einem konservativen Trainingsprogramm, und er übte Aufschläge und verbesserte noch einmal sein Netzspiel; er ließ seinen Trainer aber nicht unwissend darüber, daß er noch mehr erfahren wollte über den Flug seiner Funken und über die Möglichkeiten, den Funkenflug seiner Zukunft neu zu justieren. Victor Vinci war stolz auf seinen gelehrigen Schüler und versprach das Blaue vom Himmel, der aber ohnehin sehr zu erstrahlen wußte über den vielen Tankstellen der modernen Turnierstadt.
Wichtiger als der Tag des konservativen Trainings war das Studieren der Methoden des Abends und Methoden der Nacht, und Victor Vinci plante dort neue Lektionen für seinen wißbegierigen Bren; zu dessen Schockiertheit, aber, be-

stand die nächste Lektion darin, ihn in eine Bar zu verschleppen, eine Diskothek in den blutrotesten Höllen der Stadt.
„Was hat das zu bedeuten, was macht das für einen Sinn?“ brüllte Bren dem Trainer in die von Musik auch besudelten Ohren.
„Wieso Gewinn? Du wirst schon sehen, welchen Gewinn dir das bringt!“ versicherte Victor Vinci, der nicht ganz im Vollbesitz seines Gehörsinns war, seit eine Gruppe von Musikern mit elektrischen Gitarren und mächtigstem Schlagzeug den Laden in einen Lärmbau verwandelt. Victor Vinci schwang sich auf einen Barhocker, und Bren machte ihm diese Übung gleich nach, weil er dachte, es gehöre zum Training; im Inneren fragte sich Bren aber doch schon sehr deutlich, ob es der richtige Weg denn nun war und ob er nicht lieber ein Training sich zulegen sollte, das besser noch zu ihm paßte, denn das hier, das schien nicht seine Welt, und er wußte nicht, welchen Nutzen er daraus zu ziehen dann hatte und welchen Gewinn- das Wort, das Victor Vinci fälschlicherweise verstanden zu haben geruhte, das traf es genau, und danach suchte Bren schließlich. Er schaute sich um, und er schaute, wie der Trainer seine erfahrenen Blicke ergleiten ließ über Köpfe und über Gesichter; er konnte das und konnte auch etwas erreichen, so glaubte der Betrachter, der Bren wieder war voller Staunen. Bren konzentrierte sich darauf, was sein Trainer entdeckt, und jener erforschte wohl gerade die schlanke Figur einer jungen Brünetten, die am Rande einer Tanzfläche lehnte und nicht zu wissen schien, ob sie eingrei-

fen sollte in jenes berauschend wilde Spektakel. Bren betrachtete den Forscherdrang seines Trainers und beschaute dann seinerseits das Forschungsobjekt- es war dann wie ein Funke, und man mußte nur abwarten, zu wem es fliegen würde.

„Sie gefällt dir doch auch, was?“ raunte Victor Vinci seinem Schützling zu und schlug dabei Profit aus dem Leiserwerden der inzwischen heiseren Gruppe, die auf der Bühne ihr Repertoire wiederholte, und wurde so wirklich verstanden.

„Nun ja, aber ich habe ja übermorgen schon das erste Qualifikationsspiel“, zeigte sich Bren wie üblich als ein Inbegriff von Disziplin.

„Ach, Junge, gönn’ dir eine spaßige Nacht, das macht dich richtig locker für das Spiel!“ riet der erfahrene Trainer.

„Es gibt doch sportwissenschaftliche Untersuchungen darüber, daß Sex vor dem Wettkampf schädlich wäre und man dann nicht mit dem nötigen Biß in das Spiel gehen würde“, versuchte Bren zu erläutern, wobei der Erläuterung nicht gerade zugute kam, daß ein Schlagzeugsolo den Raum rasch erfüllte.

„Ach was, alles Gerede, ich habe vor dem berühmten Finale in Paris, wo ich den ersten Platz in der Weltrangliste übernommen habe, als sich mein Gegner die Hand gebrochen hat, mit vier französischen Studentinnen in einer einzigen Nacht geschlafen“, versuchte Victor Vinci als Argument anzuführen und wurde seinerseits nicht gestört von irgendwelchen Trommelarien, die zuvor zu der Bar hergesegelt. Bren überlegte sich, ob er den Ratschlag annehmen sollte, aller-

dings fielen ihm sehr viele Dinge gleich ein, die schiefgehen konnten bei dieser Affäre, die möglich sein mochte. Aber er hatte sich in der Nacht mit dem Blick auf die Tintenfassade und mit dem Kerosinduft in seinen lüsternen Nüstern ganz klar doch festgelegt, daß er die Ratschläge annehmen wollte, annehmen sollte, die sein Trainer ihm gab, denn er hatte vorgelebt, wie man es schaffte, nach ganz oben zu kommen. Der Entschluß war gefaßt wie ein entflohener Sträfling durch eine Armada an bewaffneten Kräften mit Polizeihunden an der zuckenden Leine, und Bren jagte los, wollte zu der Dame hinüberschießen wie ein mit aller Wucht geschlagener Tennisball, aber irgendwie fühlte er sich dazu doch etwas kraftlos und wie ein Ball, der in das Netz purzelte und gleich abgeholt werden würde von Balljungen, denn dies war nicht die Arena, in welcher der Tennisprofi sich erfahren schon wüßte.
„Sind Sie alleine hier?“ hielt er für einen nicht allzu schlechten Einstieg, und sie nickte. Bren stellte sich vor und erwähnte, daß er Tennisprofi war, da er glaubte, dies handele sich um einen Vorzug, der ihm die junge Dame leichter bescherte. „Das ist toll, ich stehe auf Tennisspieler!“ meinte diese sogar, und Bren hatte das Gefühl, mit dem Funkenflug erstmals Glück besessen zu haben, denn er war zu einem richtigen Funken geflogen, der schnell auch für ihn ganz entflammt, aber die junge Dame fügte hinzu: „Auf Tennisspieler wie... Das ist ja unglaublich, ist das dort drüben der berühmte Victor Vinci?“

„Ja, ich bin mit ihm hier, er ist mein Trainer“, erwähnte Bren mit einer unwohlen Vorahnung.
„Könnten Sie mich ihm vorstellen?“ fragte die plötzlich mit blitzendsten Augen ausgestattete Diskothekenschönheit.
„Gerne“, knurrte Bren und führte das Mädchen hinüber an die Bar, wo der trinkende Meister schon zu warten geruhte. Und Victor Vinci und die brünette Kerosene-Königin verstanden sich sofort prächtig und konnten sich bald auch dazu durchringen, die Nacht gemeinsam im Hotel zu verbringen, und Bren stand daneben (noch an der Bar) und fühlte sich wie das neunte Reserverad eines Wagens. Victor Vinci empfahl ihm, noch länger hierzubleiben und auf sein Glück zu hoffen oder es irgendwie zu versuchen, aber eine zweite Frau, die ihm gefallen hätte, die sah er hier nicht, und er war nur traurig und innerlich klagend und entsetzt über den Verlauf sämtlicher Dinge, und er wollte sich lieber vorbereiten auf den nächsten Trainingstag und dann auf das Spiel, das sehr wichtig wurde, auch wenn es erst nur darum ging, den Sprung in das Hauptfeld zu schaffen.
Victor Vinci hatte schnell den Sprung in die Federn geschafft und konnte zierliche Brüstchen freilegen und sich mit weiblichen Lippen aller Art befassen, während das neunte Reserverad in seiner ganz eigenen kerosinverpesteten Garage sein tristes Dasein nur fristen konnte; immerhin sprühte die Klimaanlage im Hotel weitere Zitrusaromen aus allen Paradiesgärten der Erde in die Garagen und in die Liebesnester, und so wurde es hier und dort eine ganze duftende Nacht.

Die Luft brannte wie Kerosin, als die Mittagshitze an jenem Tag zu flimmern vermochte, als Bren sein erstes Qualifikationsrundenspiel dann besaß; durch die flammende Luft, die dicht war und dick und smogübergossen, erströmten die Menschen zum Turniergelände, und Bren sah darin einen Vorteil- endlich konnte er vor Publikum spielen, vor vielen beachtenden Menschen. Aber welch eine Atmosphäre hatte Kerosene an diesem Tage getankt: Es hätte nur eines Funken bedurft, und die ganze Stadt wäre in einem einzigen Augenblick gesprengt und in die Luft gejagt worden!
Es war aber auch die richtige Stimmung, in die Bren nun damit gebracht- zwar riet Victor Vinci, er möge „nichts anbrennen lassen", aber er war Feuer und Flamme und wollte das Spielfeld in Brand setzen, so wild darauf war er, endlich wieder in einem offiziellen Spiel zu obsiegen. Der Gegner zitterte bereits, als habe er nichts mitbekommen von dieser Hitze und als wähne sich jener im guten, alten schneesturmumwehten Sibirien oder in Alaska wohl auch. Das Qualifikationsspiel geriet schnell zu einem Akt von Langeweile. Sechs zu null im ersten Satz. Bren kontrollierte auch den zweiten Satz sehr klar, obwohl er kaum auf das Spiel zu achten vermochte- sein Trainer war nicht ganz bei der Sache und schnäbelte auf der Zuschauertribüne mit seiner neuesten Eroberung, die ihm Bren eingebracht. Den zweiten Satz gewann Bren noch mit sechs zu drei, aber er hatte gar nicht mehr auf das Spiel geachtet, sondern war mit seinen Gedanken schon ein paar

Schritte weiter- wie gelang es ihm, daß ihm auch alles so leicht in den Schoß flog, wie es Victor Vinci passierte? Etwas eifersüchtig war er doch, eifersüchtig und ein bißchen verärgert über sich selbst, daß er den Flug der Lebensfunken noch immer überhaupt nicht beherrschte.
Für beide Funken, die mal im Lebenstümpel versanken, mal im Lebenswald die Brände entfachten, ging der Tag weiter, wie Tage für sie weitergingen: Bren bereitete sich auf sein nächstes Qualifikationsmatch noch vor, und Victor Vinci gab ihm ein paar kleine Ratschläge und wollte sich dann wieder für den ganzen restlichen Tag und für die ganze restliche Nacht seiner neuen Freundin nur widmen.
„Sie ist eine ganz tolle Frau, richtig?" interessierte Bren, als sich die Wege der Funken grad trennten.
„Und wie toll!" schwärmte der Trainer da nur, „Das ist eine Frau, mit ihr in den Armen möchte man sterben, sie sollte das letzte sein, was man auf dieser Welt noch sieht, und man scheidet dahin als ein glücklicher Mann..."
Und mit diesen Worten war er wieder auf und davon und überließ Bren sich selbst und seinem scheinbaren Genießen von einem Siegesgefühl; ein Spiel, aber, in einer Qualifikation eines kleinen Turnieres, das entlockte ihm keine Freudenschreie, und er verstand noch immer nicht, wie konnte das alles nur sein, sein Trainer eine solche Frau abbekommen und so viele Siege, die alle nur Zufall gewesen oder schicksalhafter Flug bedeutsamer Funken. Aber Bren war doch nicht entmutigt, und er fühlte sich auf der Schwelle dazu, daß

er es doch noch verstand, und den Flug aller Funken für sich dann einsetzen konnte. Vor einem Lokal entdeckte er einen Grill, und da flog ein Funke davon... Bren beobachtete ihn genau und hatte das Gefühl, es hätte sich doch was geändert, aber der Funke fiel ganz plump zu Boden, und er erlosch, und mit ihm erlosch auch die Hoffnung, es habe sich schon irgend etwas getan in diesem Prozeß, in dem sich Bren noch befand. Bren blickte Victor Vinci hinterher, der Arm in Arm fortgeschlendert mit seiner neuen Flamme, die wirklich entflammt war für ihn. Wenigstens dieser Funke flog, wie es Bren grad von ihm auch erwartet. Vielleicht ein Zeichen, daß es ihm doch gelang, den Funkenflug des Lebens noch heut zu begreifen. Oder morgen zumindest, aber noch bevor das Turnier von Kerosene dann begonnen, bevor er ins Hauptfeld geraten. Am Abend vor dem nächsten Spiel konzentrierte sich Bren auf die Vorbereitung, studierte alle Unterlagen, die er besaß über den nächsten seiner gewiß noch vielen Gegner. Nicht in Bars und nicht in Diskotheken wollte er den Abend verbringen, auch wenn dort des Rätsels Lösung lag, wie sein Trainer ihm sagte... Er nahm sich aber vor, diese Lektionen noch nachzuholen, wenn er die Qualifikation überstanden und zwei Tage Pause vor der nächsten Partie.
Schnell, jedoch, flog das nächste Spiel in der Qualifikation hinterher- Victor Vinci schnäbelte mit der hübschen Brünetten auf der Tribüne, und Bren hatte einen weiteren Gegner, der normalerweise doch leicht zu schlagen sein mußte. Für die Zeit des Spiels wollte er sich auf nichts anderes konzen-

trieren, und immerhin hatte er schon die Nacht damit verbracht, von dieser Frau nur zu träumen, die dann sich sein Trainer geschnappt, und er hatte die Nacht damit verbracht, über seine Zukunft zu grübeln. Aber während der wohl nur einen Stunde, die solch ein Match dauern mochte, da wollte er alle Konzentration in dieses nur legen, und er war gewillt und entschlossen. Da konnte auf der Tribüne knutschen, was knutschen wollte- er traf die Bälle, wie er sie treffen wollte, und der Gegner war machtlos und chancenlos, so wie sich Bren dann ja nur fühlte, wenn ihm der Funkenflug des Lebens einen Streich mal gespielt. Aber es paßte alles. Sechs zu eins und sechs zu null gewann er dieses Spiel, und einige Schläge waren ihm gigantisch gut gar gelungen. Das Publikum war beeindruckt, und auch die Presse würde es sein, die sonst nur über seinen Trainer geschrieben. Bren stellte sich dem Publikum, das doch klatschte, und Victor Vinci zeigte sich stolz, und begeistert war wohl auch seine Freundin. Diese hing noch in den Armen von Victor Vinci, aber klopfte Bren auf die Schulter und sprach ihm ein Lob aus. Es fühlte sich für ihn an, als bedeute es ihm sehr viel, viel mehr als das Lob anderer Menschen. Aber die junge Dame- sie blieb in den Armen des Trainers und ging mit diesem zu einem Picknick und danach zurück ins Hotel. Mehr und mehr glaubte Bren, sie war seine Traumfrau, aber er versuchte sehr schnell, sich dies abzugewöhnen, denn das letzte Mal, als er sich ausgemalt, wie die gemeinsame Zukunft dann aussah, da war ein quappelnder Bart nur erschienen und hatte ihn weggesperrt.

Die Qualifikation war überstanden, und Bren würde sich die nächste Lektion selbst ergattern...

Prickelnde Höhen

Es war Abend, und die Lichter von Kerosene spiegelten sich auf der öligen Straße und tanzten in jedem Champagnerglas; Victor Vinci genoß den Abend in vollsten Zügen auf der Terrasse seiner sehr hübschen Suite, und ihm gegenüber saß in einem trägerlosen, kornblauen Kleid, das ihr bewundernswert paßte, die junge, zierliche Dame, die ihm der Ausflug an eine Bar einst beschert. Verträumt säuselte das Paar liebe Worte, und die Worte der Liebe vermischten sich mit den Lichtern, vermischten sich mit dem Duft der Zitronen und vermischten sich mit den Perlen im träumenden Glas. Um eine perfekte Stimmung perfekter zu machen, schwemmte ein stilvoll alt wirkendes Radio mit modernstem und strömendstem Klang die allerlieblichsten Lieder wie trunkene Schiffe aus harmonischster Freude über das Flüßchen der Liebe und zu dem so glücklichen Paar. Victor Vinci fragte sich, wie das jemals zu steigern sein würde, was er hier an glücklichen Momenten nun spürte, aber in erster Linie genoß er sie, diese Augenblicke, die ihm da dargeboten. Viele dieser Augenblikke waren nur Licht und Schönheit, Ästhetik und Aroma, Ambiente und Geschmack, aber zwischendurch waren auch Wörter gesprochen, die immer im höchsten Wohlklang gehalten. Auch unterhielt man sich über Bren und sein gutes Spiel und seine gute Zukunft, aber besonders, doch, unter-

hielt man sich über die Liebe, über die Anziehung, über die Romantik, über doch nicht viel mehr als über diesen perfekten Moment. Sie stießen an miteinander, die junge Dame mit ihrem zweiten Glas, der ältere Herr mit seinem siebten und achten; beide genossen die prickelnden Perlen, die den Moment mit Reichtum beschenkten und die bald die Erinnerung schmückten an diesen so glückszuckend süßen von vielen Augenblicken.
In den Straßen schlängelten Lichterketten, und auf den Terrassen der schönsten Hotelsuiten hatten sich Lichterketten bunt und bunter gezeigt; als sich der Abend frischer dann präsentierte und eine Gänsehaut auf den Schultern der jungen Dame ihre Expansion zelebrierte, zogen sich Victor Vinci und seine neueste Freundin in das Gemach zurück, wo ein sehr breites Bett und ein sehr breites Lächeln zu Hause waren. Wie Blütenblätter, die im letzten Moment noch vom Winde getragen und welche ganz plötzlich ein Luftloch erwischt und eine Stille des tragenden Windes, so segelte und regnete das Kleid der hiesigen Schönheit zu Erden. Victor Vinci liebte, was er da sah, und seine Augen liebten das Leben, das sie so freudig betrachtet. Zartbegipfelte, sanftschöne Brüste mit jugendlichster, traumfeinster Haut boten sich den Blicken des Trainers so dar, und Victor Vinci glitt einen Schritt näher zu ihr noch hin, legte die Arme um seinen leicht fröstelnden Liebling. Er hatte sie in seinen Armen, fühlte, wie ihr Atem wogte in seinen Armen, und er sah sie und sich in einem großen, ja riesigen Spiegel, und sie war das letzte, was

er noch sah in dem Leben, in seinem glücklichen Leben, und mit ihr in den Armen, so schied er dahin und entschlief mit den glücklichsten, schönsten Gedanken. Sein Leib sank zu Bett, und seine Seele erkletterte leicht und beschwingt ganz neue und prickelnde Höhen, und der Entschwebte schaute zufrieden hinab, wo die junge Dame noch kaum begriff, was da nun geschehen, und sie versuchte ihn noch einmal zu Bewußtsein zu holen und zu beleben, was nicht mehr belebt werden mochte. Victor Vinci fühlte den Duft all der schönen Erinnerung, und mehr schöne Erinnerung vertrug ein Gedächtnis nicht mehr. Er schwebte über die Straßen von Kerosene, schwebte über die Lichter und den Tanz des pulsierenden Lebens. Er sah Bren, wie jener seinen Ratschlägen folgte und noch einmal ausging, um den Funkenflug des Daseins noch zu begreifen. Victor Vinci wünschte ihm alles Gute und schwebte weiter und weiter hinfort, und die Krankenwagensirenen dort drunten in den Schluchten der Straßen, die tangierten ihn nicht einmal mehr, als hätte er gar nichts zu tun mit dem Fakt, daß sie zum Hotel schnell gerufen. Alles war gut, alles war süß, alles war, wie er sah, doch in Ordnung...

Glitzernde Tränen

Bren hatte ein Gefühl, das mulmig und seltsam; er glaubte kurz, es läge daran, daß er zum ersten Mal seit langem alleine nun ausging, aber irgend etwas anderes mußte da auch noch sein, wußte er. Bald saß er an einer Bar, bald an einer anderen, aber irgend etwas belastete ihn oder befreite ihn oder rief ihn zurück an den Platz, von dem er gekommen. Er schaute sich Frauen an, versuchte alle Anspannung aus seinem Leib nun zu schütteln, und dies gelang ihm ganz gut. Aber eine Frau für die Nacht, wie es ihm der Trainer geraten, die entdeckte er doch eher nicht, und er mußte viel denken an das Mädchen, das er beim ersten Besuch einer Bar in dieser Stadt noch erspäht. Sie war, glaubte er, glücklich mit Victor Vinci zusammen, und ausgerechnet da schien es sich um etwas Festes zu handeln, wenn er wirklich ein Interesse besaß an einem Mädchen, das sich sein Trainer genommen.

Nach halbwegs amüsanten Stunden, da hatte Bren zwar keine Begleitung gefunden, aber er glaubte sich selbst mehr gefunden zu haben, und mehr gefunden hatte er Zukunft, meinte er, oder eine Einstellung nun doch zu dieser. Im Hotel, dann, als er den rechten Flur bald erreicht, war nichts mehr, wie es gewesen. Ein quappelschnurrbärtiger Sanitäter trug seinen Trainer vorbei oder das, was von ihm auf der Erde geblieben. Die junge Dame, die noch am Mittag mit dem Trainer geschnäbelt auf der Tribüne am Tennisplatz, sie stand da in einem bezaubernden Kleid mit glitzernden Tränen, die ihr heruntergeronnen. Bren war schockiert, weil er nicht glauben konnte, daß seinem Trainer so etwas jemals passierte, und er ging hin zu der weinenden Dame und nahm sie in seine beruhigenden Arme. Dann aber dachte er daran, was die letzten Worte gewesen, die sein Trainer zu ihm gesagt. Jener hatte es gewollt, jener hatte genau das gewollt, glaubte er, oder zu-

mindest hatte er es gesagt, daß er genau das noch wollte. Das dämpfte doch leicht die Trauer, die Bren für seinen Helden empfand, und er hatte noch eine Person, mit der gemeinsam er sie zu bewältigen wußte. Er bot ihr an, in sein Zimmer zu kommen, und sie schlich dankbar hinein. Er bot ihr, die schluchzte und schniefte und fröstelte, Taschentücher an und eine warme Decke, und sie nahm es an, was ihr da gereicht.
„Wenigstens weiß ich, daß er glücklich gestorben ist“, meinte Bren zu seinem verheulten Besuch.
„Ja, so wirkte er sehr...“, gab das schönste Mädchen von Kerosene sogleich zu und blickte Bren aus verweinten, tränenperlenden, verwischten Augen an, die eine magische Anmut besaßen.
„Er-“, begann Bren.
„Er war einfach nur... Ich weiß auch nicht... Er hielt mich umarmt und ist dann einfach so ins Bett gesunken, und es war kein Puls mehr zu fühlen, und ich habe den Krankenwagen gerufen, aber es war schon zu spät... Es tut mir leid...“ schluchzte die doch wohl gefühlte Witwe.
„Sie haben ihn noch einmal glücklicher gemacht als alles andere jemals zuvor; er hat es sich so gewünscht, im glücklichsten Moment seines Lebens abzutreten“, erwähnte Bren nur dazu.
„Ich glaube, Sie haben ihn auch glücklich gemacht, weil Sie so gut gespielt haben, und er hat noch einmal erzählt, wie stolz er auf Sie ist... Es tut mir leid, daß ich hier herumheule, als ob ich die am meisten Geschädigte wäre, Sie haben viel

mehr Zeit schon mit ihm verbracht und hatten so eine enge Beziehung zu ihm..." erklärte die schöne Kerosenerin und fügte hinzu, was sie da empfand: „Sie sind beide einander sehr ähnlich, Sie sind beide so wunderbare Menschen..."
Bren wurde sehr verlegen, und es war das erste Mal, glaubte er, daß er dies zu hören erhielt; es war ihm immer so vorgekommen, als seien Victor Vinci und er die grundverschiedensten Personen der Welt gewesen, schon allein, was den Flug ihrer Funken nur anging- und jetzt hörte er dies, und irgendwie fühlte er sich doch sehr gerührt. Bren erinnerte sich an so viele einzelne Szenen an der Seite seines Idols, und er erinnerte sich an so viele Szenen, in denen Victor Vinci riesiges Glück besessen- Bren wünschte sich im nachhinein, er hätte es ihm noch mehr gegönnt, als er es wirklich getan, während er selbst eine schwere Zeit nach der nächsten gehabt. Aber so richtig nach Trauern war ihm nun nicht zumute, und es galt auch kein Gedanke der Tatsache, daß er jetzt bei dem Turnier von Kerosene ohne Trainer nun dastand. Victor Vinci galten seine Gedanken und dessen Glück, im schönsten Moment verlassen zu haben, wo er immer glücklich gewesen. Bren schickte ihm gute Gedanken hinterher, und er kümmerte sich um die erst kürzlich gefundene Freundin, daß jene auch hinwegkam über dieses Erlebnis und über diesen Verlust. Eine Beerdigung würde es geben und ein Turnier zu spielen... und ein Sieg zu erringen, den Bren seinem Trainer zu widmen vermochte.

Das Vermächtnis

Am Turnierort gab es eine große Gedenkveranstaltung; überall in der Welt wie auch hier benannte man die Turniere um in *Victor-Vinci-Turnier* oder *Victor-Vinci-Open.* Um Grabmäler und Gedenkstatuen rissen sich die Turnierdirektoren in aller Welt, aber es war noch nicht bekannt, welchen Letzten Willen der einstige Weltstar bei einem Notar hinterlassen.

Trotz allem wurde gespielt, und Bren war nur um so entschlossener, den Sieg noch davonzutragen, um mit diesem seinen Trainer und dessen Arbeit zu ehren; auf der Tribüne nahm diesmal die junge Dame Platz, die aber keinen Mann mehr zum Schnäbeln an ihrer Seite nun hatte, doch immerhin einen Spieler, dem sie zujubeln konnte, wenn auch sie noch verhalten war und anstandshalber in einem schwarzen Kleid erschienen. Der Gegner erwies sich als gar kein Problemletztlich hatte auch bei vorangegangenen Turnieren nicht ein Gegner sich als Problem erwiesen, sondern Umstände waren gekommen und hatten Bren mitgenommen und fortgetragen von dem Ort, wo er sonst wohl zu siegen vermocht. Sechs zu zwei und sechs zu zwei endete diese Begegnung, und Bren war nicht unzufrieden mit seinem Spiel und der Umsetzung von dem, was er jahrelang im Training geübt und besonders mit Victor Vinci trainiert. Mit einem Küßchen wurde er von seiner Freundin für seine Leistung belohnt, und er ging mit ihr lange spazieren, dort, wo Kerosene an die Wildnis grenzte und ein glitzernder Fluß seinen Charme noch versprühte. Unter einem Weidenbaum saß man zusammen und philoso-

phierte man über den Lauf der Dinge, über den Gang aller Welt. Bren erzählte und schilderte die Erlebnisse von dem Lagerfeuer bei Farmford, und er konnte das ungute Gefühl abschütteln, er hätte es mit einer Spionin eines quappelnden Kommissars hier zu tun, denn die Zeiten von Pech und von Unglück, die waren ganz sicher vergangen. Das spürte er auch am Abend, als er seine Partnerin mit ins Hotelzimmer nahm, und das setzte sich fort an einem nächsten Morgen, als er erfuhr, daß er kampflos das Viertelfinale erreicht, da sein Gegner auf einer wohl doch noch nicht ausgelutschten Bananenschale ausgerutscht war.
Bren war auf dem Weg, seinem spielerischen Vermögen aus eigener Kraft ein paar Nuancen hinzuzufügen, und beim Verlassen des Hotels machte ihn die Rezeption aufmerksam darauf, daß er einen Brief noch bekommen. Der Notar Victor Vincis ließ ihn wissen, ohne genauer darauf einzugehen oder gar ein Detail oder womöglich einen Betrag zu nennen, daß sein Trainer ihm etwas vermacht. Bren ging auf die Straße, schlenderte dort gedankenverloren entlang und überlegte sich, was es war. Wahrscheinlich etwas von immateriellem Wert, vielleicht sein erster Schläger, vielleicht ein Glücksball, vielleicht ein Feuerzeug, mit dem man glückliche Funken erzeugte- Materielles war ihm da nicht so wichtig, auch wenn der Trainer sehr viel besessen. Aber Bren wußte noch nicht genau, was es gewesen, bis er... Es war an einer glänzenden, breiten Allee, die von der Sonne verwöhnt war, und auf dem Gehweg sah Bren eine glühende Zigarette, von der ein Funke

davonflog. Bren wählte sich diesen Funken als den seinen aus, und er verfolgte ganz genau dessen Flug. Weit wurde er getragen und an einer Platane vorüber, ohne sie aber in Brand zu setzen, was ein deutliches Zeichen gewesen wäre. Der Funke tanzte über den Bordstein, tanzte an einem Zeitungskiosk vorüber, ohne daß die Zeitungen brannten. Aber das mußte nicht das Ende sein, denn der Funke flanierte noch weiter an der Straße entlang, ohne daß er zu erlöschen bereit war. Dann kam ein Windhauch und trug den Funken auf das Areal einer Tankstelle, wo er seine Ballettkünste aufführte, bis er an den Zapfsäulen war. Womm! Mit einem gewaltigen Karacho flog die ganze Tankstelle in die Luft, sprengte der Funke auch noch einen geparkten Tanklastzug und schoß eine Feuersäule bis in den hellen Himmel über der Stadt Kerosene. Ja, dachte sich Bren, so hatte er sich das vorgestellt. Jetzt wußte er genau, was ihm vererbt worden war.